マドンナメイト文庫

流転処女 時を超えた初体験

伊吹泰郎

目次

contents

流転処女　時を超えた初体験

プロローグ

――甘本市。

近畿地方の一角にあるこの都市は、かつて城下町として栄え、現在も県内における経済の中心だ。

小宮山透真は半月前、ここへ引っ越してきた。というより、戻ってきた。

甘本市で生まれた彼は、多感な十数年を市内で過ごしたあと、父の仕事の都合で東京へ移り住んだのだ。

しかし、晴れて教員免許を取得し、母校の安城学園を勤め先に選んだ。

都内での就職活動が上手くいかなかったからではない。理由はあくまで、ここが東京よりも――。

――なーるほど。君、ここの生徒なんだ。

今日も〝彼女〟のセリフを思い出してしまい、アパートへ帰ったばかりの透真は、渋面で首を振った。

独り暮らしは彼にとって初体験。社会人となったのも数日前だから、仕事のあとは気疲れが大きい。

そのためか、とある異性の顔や声を振り返る頻度が、格段に増えた。

(まいったな……。これじゃ本当に憑かれているみたいだ)

ため息まじりに鞄を床へ置き、きつかったネクタイを緩める。

安城の生徒だったとき、彼は一人の少女、愛理と出会った。

愛理は綺麗で、無邪気で、ときどき謎めいて、会う相手すべてを魅了した。透真の心も瞬時に摑み、にもかかわらず、ほんの一月半ほどで突然、姿を消してしまった。

――わたしもね、この先いっぱいの時間を、透真君と積み重ねたい。

彼女とまた会えるなんて期待していない。そんな動機で、就職先は選ばない。

ここに帰ってきたのは、ゴミゴミした東京よりも甘本市の方が、性（しょう）に合っていると判断したからだ。

（いい加減、あいつのことは忘れろよ。すべて終わったんだから）

透真は己（おのれ）へ言い聞かせた。

今日は始業式だったし、明日は入学式だ。それが済めばいよいよ授業の始まりで、新米教師が迷いを抱えている余裕なんてない。

特に透真は童顔気味のため、下手（へた）すると生徒たちに舐められかねなかった。春休み中も一部の女子から〝トーマ君〟呼ばわりされている。スタートでつまずかないよう、気構えをいっそう固める必要があった。

とにかく晩飯だ。今日は帰りにコンビニで、レトルトのハンバーグとおにぎりを買ってある。

しかし、彼が袋の中身を深皿へ移したところで――ピンポーン。

玄関のインターホンが鳴った。

（誰だよ、こんな時間に……）

職場の先輩たちと地元の旧友、どちらとも考えられない。もしもそうなら、事前に連絡をくれるはずだ。

ご近所さんという線も薄い。

となると、変な勧誘か、訪問販売辺りか。

考えているうちに、再度インターホンが鳴った。

ピンポーン、ピンポーン、ピンポーン。

今度は連続だ。

「ああっ、もうっ。うるせぇっ」

仕方なく玄関へ行き、覗き窓へ目を寄せる。

「…………え？」

誰が訪ねてきたのかわかった途端、思考が停止した。

戸口に立つのは、純白のワンピースを着た若い娘で——その顔を透真はよく知っている。

瞳はパッチリ大きくて黒目がち。ボリュームのある黒髪を背中まで伸ばし、肌は透けるように白い。

背が高めな割に、全体的な線が細いせいで、どこか儚げでもあった。

——毎週、金曜日の夜に、この学校で会うのはどうかな？

「愛理っ!?」

思い出深い名を口にした途端、膝から力が抜ける。

ありえない。彼女がこのアパートを知っているはずないし、外見に変化がなさすぎだ。

——ほら、わたしって幽霊だし。

嘘つけ。

理性では納得できず、しかし指の方が勝手に動いて、気づくと透真はドアの錠を外していた。

カチャリ、と音が伝わったのだろう。ドアは少女によって、大きく引き開けられる。

上品な外見と似合わないその強引さも、記憶のままだ。

とどめに小さな唇から、懐かしい声が紡(つむ)がれる。

「久しぶり、透真君。前より背が伸びたよね?」

「……う、嘘だろ……。愛理のわけが、ない……」

「うわ、酷いなぁ。だけど、元気そうで安心したよ」

そんな少女の、人懐っこい微笑みを前に――。

透真の意識は、学生時代まで逆行していた――。

第一章　不思議な美少女

――七月半ば。

ニュースでは例年より涼しくなるだろうと予想していたし、それは決して間違っていなかったが、不快指数は日々、着実に上がってくる。

暑さは陽が落ちたあともさほど和(やわ)らがず、半袖シャツを汗で濡らしながら夜道を歩く透真は、ひどく不機嫌だった。

もっとも、小柄なうえに少女めいた童顔なので、表情は仏頂面(ぶっちょうづら)というより拗(す)ねているよう。日々、男っぽい態度を心がけているのだが、効果はあまり出てこない。

彼が向かっているのは、今年の四月から通いはじめている安城学園だった。

明日提出しなければならない課題を、テキストごと教室の机へ置いてきてしまったのだ。

（オカセンのヤツ、もうすぐ夏休みだってのに、よけいなことすんなよ……っ）

数学教師の岡部(おかべ)は融通が利(き)かない。宿題を忘れた生徒には、いつも三倍の補習を押しつけてくる。それは五日後から夏休みという今回だって、変わらないだろう。

だから、親に黙って家を出た。

とはいえ、もう夜遅いし、残業の教師すら校内に残っていないかもしれない。

徒歩で行ける距離でなければ、透真も諦(あきら)めていたところだ。

やがて見えてきた学園は、案の定、電気がすべて消えていた。

（やっぱ駄目か……。いや、前に見たドラマじゃ、宿直の先生だけは残ってたっけ）

あれは大昔の番組の再放送だし、最近ではすべて警備会社に委託していそう。

しかし、せっかくここまで来たのだ。せめて正面まで行ってみよう——と、透真は止まりかけた歩みを再開する。

（ん、あれは……？）

程なく視界へ入った校門前には、なぜか女性が一人佇(たたず)んでいた。

顔は長い黒髪に隠れ気味だが、雰囲気は柔らかく、気品すら感じられる。上から当たる街灯の明かりまで、物語の主役に対するスポットライトめいていた。

着ている服は、裾がフワッと広い膝丈の白ワンピースだ。シンプルな装いのためか、夏であっても涼やかで、肩からは茶色いショルダーバッグを提げている。

透真は今度こそブレーキを掛けた。

いくら立ち姿が綺麗だろうと、夜に無人の校舎を見つめつづけるなんて、あからさまに怪しい。

そこで女性の方も気配を感じたらしく、身構えるように透真へ身体の向きを変えた。

「あ……」

目が合った刹那(せつな)、透真は衝撃を受けてしまう。

女性は予想より遥かに美人で、どこか和風の雰囲気が漂っていた。――いや、歳はおそらく透真と変わらないから、少女と呼ぶ方が適切か。

顔を強張(こわば)らせかけた彼女は、しかし、透真の見た目で安心したらしい。

「君、どうしたの？　こんな時間に一人でいたら危ないよ？」

「ん、なにっ⁉」

迷子をなだめるような言い方をされて、透真も金縛りから抜け出せた。童顔がコンプレックスの彼だから、刺激してくる相手は、初対面だろうと言い返さずにいられない。

「俺は！　ここに通ってんの！」

校舎を指さすと、少女は一瞬キョトンとなったあと、小さく笑った。

「あははっ、そうなんだ。ごめんねっ」

拝むように両手を合わせる。

意外と茶目っ気のある仕草で、透真もあっさり毒気を抜かれた。

不審者というのだって、勘違いかもしれない。彼女はここの生徒か、あるいは来年受験するのか。

となると、離れたましゃべるのも妙で、透真はさらに近づいた。

互いに手が届く距離まで来ると、少女も興味深げに透真を観察してくる。

「なーるほど。君、ここの生徒なんだ」

「そ、そうだよ。そっちも学校に用なのか？　ええと……」

見つめられるのが落ち着かず、相手の名前もわからないため、語尾が曖昧(あいまい)になってしまった。

それを察してか、少女がにっこり微笑んで、

「あ、自己紹介がまだだよね。わたしは愛の理由と書いて、愛理……君は？」

「……透明な真人間で、透真だよ」

互いに姓抜きで名乗り合うなんて変な気分だが、ともあれ呼び方がわかって、少し

しゃべりやすくなった。

「で……愛理は、こんな場所で何やってるんだ？」

「うん、どこでもいいから、学校を見てみたくなったの。それで安城学園なら、ちょうどいいかなって」

「なんだよ、それ？」

「ふふっ。わたしねぇ、実は幽霊なんだぁ。学園生活に未練があったから、こうして化けて出ちゃった」

愛理は両手を胸の前へ掲げた。手の甲を上にして、指の先をダラッと垂らす、昔ながらのお化けポーズだ。

「ひゅーどろどろーっ」

「……んなわけねーだろ」

透真は顔をしかめた。そういう与太話なら、中学時代で卒業している。

とはいえ、暗い場所だと愛理の言葉にも一抹の説得力があった。彼女の美貌は現実離れしていたし、白一色の衣装も、言われてみるとそれっぽい。

「でも、透真君こそ、こんな時間になんで学校へ来てるの？　もしかして泥棒？」

「ちげーよ！　ここの生徒だって言ったろ!?」

「だったら、どんな用？」

畳みかけるように問われて、しぶしぶ答える。

「宿題を学校に忘れてきたんだよ。けど、先生もいないみたいだしな。帰るしかねぇか……」

「なるほどっ」

合点がいったとばかり、愛理が手のひらを打ち合わせた。

「任せて。わたしは幽霊だからねー。君をスルッと学校へ入れてあげられるよ？」

「え？　何か手でもあるのか？」

壁をすり抜けるなんて言われたら呆れる他ないが、現実的なアドバイスなら聞かせてほしい。

一歩踏み出す透真の前で、愛理はいそいそショルダーバッグを開いた。

「じゃーん」

擬音付きで取り出されたのは、いかにも事務的な鍵の束だ。

そこには〝非常時以外持ち出し厳禁〟と書かれたタグも挟まっていた――。

幽霊が学校へ入るのに、正面玄関の鍵を使う訳がない。しかも中へ入るや、愛理は警備会社と繋がる機械まで、専用のカードキーでオフにしたのだ。

——こいつ、絶対に幽霊なんかじゃない。

当たり前のことだが、透真は確信できた。

しかし、そうなると何者なのか、ますますわからない。

鍵とカードキーなんて、学校の関係者でなければ入手は不可能だ。

当の愛理は、疑いの視線など気にも留めず、上機嫌で前を歩いている。

「わたし、夜の学校を探検してみたかったんだよねー」

これまたバッグの中にあった懐中電灯で廊下を照らし、ときどき立ち止まっては、張り紙を興味深そうに眺めたりもした。

「あ、手芸部で部員募集中だって。こっちは合唱部で、軽音楽同好会に……うーん、茶道部とか華道部はないのかぁ……」

泥棒ではなさそうだが、変わり者という印象はどんどん強まる。

何しろ、電気が消えた夜の校舎は、昼間と別の顔を見せているのだ。一直線に長い廊下は先まで見通せず、壁に据(す)えられた非常ベルのランプは、真っ赤に光って禍々(まがまが)しい。他に音を出すものがないから、足音も不気味に反響した。

見知らぬ男子といっしょなのも、普通なら警戒の材料だろう。

なのに愛理は無防備で、むしろ透真の方が緊張させられてしまう。

考えてみれば、彼女のワンピースは布地が薄く、ヒラヒラと頼りなさげだ。それにこんな暗がりで女子と二人きりなんて、中学時代の仲間とやる肝試し以外に経験がない。

少年はだんだんと夏の暑さを忘れ、そのくせ自分の汗が匂ってないか——なんてつまらないことが気になりだした。

と、愛理が唐突に振り返って、顔を覗き込んでくる。

「そういえば、透真君は何かの部に入ってるの？」

「っ！　い、いちおう、文芸部員、だ……っ」

透真は声が上ずってしまう。

途端に愛里の大きな目は、好奇心できらめいた。

「おー、ちょっと意外かもっ。透真君って身軽そうだし、てっきり運動部の人だと思ってた」

「俺は本を読むのが趣味なんだよ……っ」

「じゃあ、わたしといっしょだ。で、部ではどんな活動してるの？」

「……えぇと、近所の図書館とか幼稚園で、子供相手に読み聞かせしたり……ああ、文化祭では古本市をやるって聞いたな。他にもいろいろあるみたいだけどさ……俺は月ごとの恒例行事以外、詳しく知らねぇんだ……。ほとんど幽霊部員だからっ……」

透真は密かに教師を目指していたから、子供を喜ばせる催し(もよお)も向いている。だが、部室は女子が多くて顔を出しづらい。

「って、愛理も読書が好きなのか？」

「うんっ、いろいろ読むよ。ミステリーとか、ファンタジーとかっ」

頷(うなず)いた愛理は、いきなり両手を摑んできた。

蒸し暑い中であっても、彼女の手はスベスベで、赤ん坊さながらの柔らかさだ。しかも透真が目を丸くする間に、腕を上下へ大きく揺さぶった。

「しかも、同じ幽霊同士だねっ。仲間っ、仲間っ」

どうやら〝幽霊部員〟という一語に食いつき、握手してきたらしい。

透真はそれを慌てて振りほどいて、まだ離れた場所にある階段を指さした。

「お、俺の教室は、あの上だからっ。愛理はどうするっ？　そのっ……いっしょに来るかっ？」

このままでは身が持たないと思いつつ、愛理に頷いてほしい気もする。

そして、愛理の答えはといえば――、

「わたしもそっちに行きたいな。せっかく知り合えたんだもん。教室の見どころを教えてほしいっ」

「んなもんあるかよ……っ」

素っ気なく答える透真だが、まだ彼女といられるとわかると、妙に気持ちが浮き立ってしまった——。


「ここが、君の教室かぁ」

透真が通うのは、東校舎の三階にある一年三組だ。

その後方のドアから室内へ入ると、愛理はますます行動が自由になった。

小走りにロッカーへ寄って中の掃除道具を眺めたり、机を一つずつ見下ろして、ついた傷や落書きを撫でてみたり。とにかく、目につくすべてへ興味を示す。

透真はその間に、廊下側にある自分の席から、目的のプリントとテキストを取り出した。

これで用事は終わりだが、楽しげな愛理を急かして廊下へ出るのも躊躇われる。

見れば、彼女は黒板の前で伸びをして、どこまで手が届くか試していた。

(あいつが飽きるまで、待っててやろうかな……)

こちらを振り回すマイペースさは困ったものだが、割といいヤツみたいだし。

透真がそう考えているうちに、愛理は窓際まで歩く。そこで校庭を見下ろし、新たな問いを投げかけてきた。

「……透真君ってさ、恋とかしてる？」

「え、恋っ⁉」

浮ついた話題に反し、少女の後ろ姿はどこか寂しそうだ。しかも月明かりが逆光になって、校門で見たとき以上に幻想的。

「いや、なんでそんなこと……急に聞くんだよ……」

透真にとって、恋なんて異世界の出来事だった。特定の誰かへ焦がれて悩むより、大勢で騒ぐ方が楽しいに決まっている。

ただ、愛理へ対しては、なぜかその考えを口にしづらい。

愛理も外を向いたまま、静かな調子で答えた。

「青春っていってもいろいろあるけど、わたしは素敵な恋に憧れちゃうな……透真君は好きな人、いる？　片想いでも両想いでもいいよ？」

「まあ……どっちもいねぇけど、さ……」

「ふふっ、そうなんだ……」

愛理はクレセント錠を外し、窓を全開にした。

途端に夜風が入ってきて、のぼせそうだった透真も一息吐ける。

だが、そんなかりそめの余裕など、振り返った美少女の提案で瞬時に吹き飛んだ。

「ね、透真君。こうして会えたのも不思議な縁だよ。お試しで、わたしと恋人っぽいことをしてみない？」

「えっ⁉」

愛理が口元に浮かべる微笑は、ここへ来るまでと違ってほろ苦く、ふざけているようには見えない。

「いったい……何するんだよ……？」

「わたしたちの歳で恋人らしいっていうと……うん、エッチなことじゃないかなっ？」

「っ、冗談やめろって！」

脳内で愛理が裸になりかけ、透真は怒鳴った。さんざんドギマギさせられたあとでこんなセリフ、刺激が強すぎる。

しかし、愛理はあくまで真顔だ。

「学校を出れば、わたしは君の前から消えるよ？　だから今だけの、あとあとまで引きずらない関係……っ。それなら気が楽でしょ？」

「楽じゃねぇっての」

透真はバッサリ否定する。

愛理がどこの誰か、まださっぱりわからない。

苗字も連絡先も不明だし、校門を出て別れたら、いずれ実在したかさえ曖昧になってしまうだろう。

そんな行きずりの関係は、きっと間違っている。愛理が求めてきたことも、無性に腹が立った。

「俺は……一回やって、あとはさよならなんて、絶対に嫌だ」

「あー、そっか。じゃあ、この話はおしまいっ。代わりにもうちょっと、わたしの探検へ付き合ってよ」

断られた愛理は、むしろ晴れやかな顔になる。

だが、透真の方が治まらなかった。ショッキングな話が呼び水となって、やっと自分の感情を見定められた気がするのだ。

それに頭へ血が上った今なら、恥ずかしいセリフも勢いで吐き出せそう。だから思いきって息を吸い、大きな声に変える。

「勝手に終わらせないでくれ！　今のは、愛理とちゃんとした友だちになりたいって意味だっ。今夜だけじゃなく、この先もたくさん会いたいんだよ！　それでいろんな話をしてさ、理想の青春もじっくり探そうっ！」

　この熱意に圧され、今度は愛理が狼狽えはじめる。

「え……？　で、でも、わたし……ほら、幽霊だしっ……あんまり長くいっしょだと、取りついちゃうかもだよっ？」

「構わねぇよっ。不思議な縁があるって、愛理だって言ったろっ？」

　透真が前へ踏み込めば、愛理も少し迷ったあと、おっかなびっくりの足取りで近づいてきた。

　二人は教室の真ん中で合流し、正面から見つめ合う。それでも足りず、透真は気恥ずかしさを堪えて、愛理の手を取った。

　彼女の肌の瑞々しさなら、一階の廊下でも感じたばかりだが、今やいっそう鮮烈だ。

　愛理もビクッとわななきかけたあと、目を伏せて深呼吸。それから、視線を透真に戻す。

「……ごめんね、やっぱり君とは、友だちって感じになれないよ」

　この肩透かしに、透真はつんのめりかけた。

「愛理っ」

「だって、友だちにしてはロマンチックすぎだもん。やっぱり、なるなら恋人同士が合ってると思う……」

愛理は手を引き、摑んでいたままの懐中電灯を机へ置く。

そこで目を閉じ、端正(たんせい)な顔を寄せてきて──チュッ。

刹那にも満たない間だったが、唇と唇をしっかり触れ合わせた。

「っ⁉」

透真にとっては、これが初めてのキスだ。予期などしていなかったため、目は開けっぱなしで、驚きがこみ上げてきたのも数秒遅れ。あとは顔がどんどん熱くなる。

愛理の唇は果実のような弾力を宿し、たった今、触れ合うままに愛らしくたわんだ。

「ん……透真君はこういうのより、お友だちの方がいい？」

目を開けた愛理に、はにかみ笑いを向けられて、透真は口をパクつかせた。

「い、い、いきなりすぎるだろ……っ。けど……だけどっ、この先もいっしょにいられるなら……俺も、愛理と恋人になりたいっ……」

ここに至って、ようやく彼も己の想いを完全に理解する。

そうだ、自分はこの変わり者に、一目ぼれをしていたのだ。

対する愛理は、懐中電灯と同じ机へショルダーバッグを置き、安らいだように微笑んだ。

「だったら、エッチなことも……しちゃおうよ？」

「う、あ……その……」

即答できない透真だったが、これ以上の反論なんて無理と、火照った頭の隅で自覚していた。

数秒後――彼はギクシャク頷いた。

「ええと、そこに座ってみて？　で、こっちを向いて、ちょっと浅めで、そう、脚は広げて……っ」

言い出した側として自分がリードしたかったらしく、愛理は注文を次々に出して、透真を席へ着かせた。

それから、自分が正面にしゃがもうとして、ふと動きを止める。

「あ……先にズボンを脱がせてあげればよかったね……」

まだベルトまで締めたままの透真を見る目が、少しきまり悪そうだ。

このセリフで、愛理のしたいのが誇張抜きで性的なことだと、透真も実感させられた。

だが、今日までこの教室は、友人たちと駄弁り、授業中に欠伸を噛み殺す場だったのだ。

窓が一つ開いたままなのも、気になってくる。あそこを閉めたら暑くてしょうがないだろうが、声や音が漏れそうな状態も心許ない。

(い、いや、外は校庭だし、周りの家までは変な音も届かない、か……?)

そもそも、アレをしている最中、声はどれぐらい出るのだろう——。

よけいなことまで考えはじめた彼は、愛理の呼び声で現実へ引き戻された。

「どうかしたの、透真君……?」

「何でもないっ。今から脱げば大丈夫だろっ?」

ベルトへ手を掛け、震える指でバックルを外す。

もはや、逡巡してもしょうがない。踏ん張って尻を少しだけ浮かせたら、羞恥心を払いのけようと、ズボンもトランクスもまとめて足首まで下ろした。

「わっ……」

突然の大胆さに驚いたか、愛理が小さく声を漏らす。

透真は目をつぶりたくなったが、

「こ、これでいけるだろ……っ?」

椅子へ座り直し、強がりで胸を張ってみせた。

彼のペニスはすでに半勃ちだ。竿はふだんよりずっと太く、長さも倍以上に伸びている。根元では陰毛が黒く縮れていた。

「う、うん……。おち×ちんって、ずいぶんデコボコしてるんだね。わたし、もっと可愛い形かと思ってた……これが……本物なんだ……っ」

さすがの愛理も戸惑っているが、目線だけは男根へ注ぎつづける。しげしげ観察されると、透真だって落ち着かない。だが、彼が文句を言うより早く、愛理は透真の脚の間へ移動して、膝を床へ下ろした。

「……触ってみる、ね……?」

言って、右手をエラの辺りに伸ばしてくる。まずは感触を確かめるのが目的だったらしく、ただ指の腹のみをあてがった。

それでも透真の神経には、むず痒さを数倍に強めた刺激が流れ込む。

愛理の指は微かに汗の湿り気を帯びて、柔らかさが牡粘膜へ吸い付くみたいだ。

「く、ううっ!」

無様な唸りと共に、亀頭もぐんぐん膨らんで、カリ首の段差を深くした。竿だって棍棒さながらに天井を仰ぎ、ピクッピクッと小刻みに震えだす。

「こんなに……大きくなっちゃうんだ……」

童顔と不釣り合いな屹立ぶりに、愛理も声をかすれさせた。

それでも勃起を見て、上手くいっているとわかったのだろう。五指のすべてを肉幹部分へ絡ませて、手のひらも隙間なくくっつけてくる。

「うっ、ぅうっ!」

甘い痺れが倍増し、透真はまたわななかされた。

一方、愛理はしっかり握って踏ん切りがついたのか、反りすぎていた竿を低く傾かせ、自分の側へ引き寄せる。

竿の底にかかる圧迫は強烈で、亀頭もピンと張り詰めた。

そこへ、さらなる感想だ。

「おち×ちんって……こんなに硬くて、熱いんだね……」

「いっ……!」

無自覚に相手を振り回す愛理の気質は、恥じらい混じりになっても変わらない。

しかも動揺する透真の前で、彼女は可憐な口を大きく開き、どんどんペニスへ寄せてきた。

「そこまですんのか!?」

透真だって、フェラチオの知識ぐらい持っている。しかし、それは友人にネットの画像を見せられたからで、初心者同士でやるプレイかどうかなんて、とても判断できない。

幽霊と名乗っておきながら、愛理の行動力は生き急ぐかのようだ。

焦る少年の呼び声に、彼女は赤らむ目元を向けてきた。

「うんっ……前に読んだ本で、主人公がすごく感じてたから……っ」

いったいどんな本を参考にしたのかと、透真は突っ込みたくなるものの、愛理の声音(こわね)には拒絶されることへの不安も含まれていた。

「む、無理すんなよなっ……」

結局、そう告げるしかなく、愛理も安堵(あんど)したように目を細めた。

「ありがと……っ、ん、ぅあぁっ……」

彼女は舌まではしたなく伸ばしてくる。いくら美少女のものだろうと、赤い軟体は唾液でヌルついて、微かな光も妖しく反射した。

次の瞬間、意外なほどの勢いで、舌先が鈴口へぶつかる。牡粘膜で弾けるきつい痺れに、透真はビクッと背を伸ばした。

「くぅっ!?」

「ぅ、はふ……っ」

舌はすぐに離れたものの、むず痒さは牡粘膜へ残る。

「ん……ちょっとしょっぱい、かも……」

愛理もかすれ声を吐くが、そこに嫌悪感はない。鈴口へも再び触れてきて、チョンと当たったら、即座に離れた。

「んぁ……あむっ……んっ、れろっ、ぇおっ……」

彼女のやり方は、まるで初めて辛いものに興味を示した子供のようで、亀頭を突かれるたびに、透真は唸ってしまう。何回されても、痺れに慣れることができず、神経を意地悪くつま弾かれる気分に陥りかける。

とはいえ、次第にもどかしさも覚えた。強めの当たり方に反し、触れる時間が短すぎて、快感が定着しきらないのだ。

やるなら、もっと擦ってほしい。

「愛理……そのっ、俺っ……もっと長く当ててもらう方がいいみたいだ……っ」

後ろめたさを感じながら頼むと、愛理も小さく頷き、やり方を変えた。

希望されたとおりに舌を亀頭へ押し当てて、裏筋とその両脇まで念入りに擦りはじめる。舌の表に並ぶザラつきは、一つ一つが細やかながら、唾液交じりでもなお牡粘膜へズリズリ引っかかった。

一方、舌の裏側はツルンと滑らかだから、そちらが絡んでくるときは、空気すら入らないほど粘膜同士が密着する。

押し寄せる性感の痛烈さに、透真は脳天まで揺さぶられた。

だが、これは自分から求めた変化なのだ。へたれた姿なんて晒せない。

そこへ、愛理が上目遣いを向けてくる。

「んぅぅあ……は、ぁ、ぉおふ……っ……こぉ、かなぁっ？」

問いかける声はトロンと蕩け、そのくせ、無邪気さだって残っていた。あるいは素直な性格だからこそ、興味の赴くままに動けるのかもしれない。

ともかく、透真は虚勢を張って、彼女に返事を絞り出す。

「あ、ああっ……すげっ、気持ちよくなってきたっ……！」

「うぁっ、よかったぁっ……とぉま、君っ……ふ、ぁ、ぁあおっ……」

愛理も調子づいたらしく、竿の方までねぶりにかかった。

粘膜でなく薄皮に包まれたこちらも、なぞられれば海綿体がふやけそうにくすぐったい。

しかも、愛理は右手で竿の根元を摑みながら、左手を亀頭に乗せてきた。指の腹で透真の疼きとじれったさを増幅しながら、竿を舐めやすいように固定だ。そこで、顔をわずかに浮かせる。

「……おち×ちんの先から、ヌルヌルしたのが出てきてるよ……。これ、気持ちいいときに漏れちゃうんだよね？　んん……すごくエッチな感じぃ……っ」

「っ……！」

実際、鈴口からは我慢汁が滲み、愛理のたおやかな指へ広がりかけている。透真もすでにそれぐらいわかっていたが、指摘されると水っぽい匂いがいっぺんに濃く感じられた。

とはいえ、口ごもったのは一瞬だけだ。

「ああっ、愛理の言うとおりだ……！　俺っ、もっとしてほしいよっ！」

「うんっ、やってみるぅ！」

愛理はペニスの正面へ顔を戻し、乗せたばかりの左手を亀頭からどけた。

それから目を閉ざし、逆に口は一回り大きく開けて、大胆な前進を開始する。

「ふぁぁあっ……ぁあんっ！」

亀頭を湿った吐息で蒸しながら、竿の半ばまで頰張った。次いで唇をすぼめれば、キスのときにも魅惑的だった張りと柔らかさが、牡の性感帯を直撃だ。

中へ籠る熱さは吐き出された息の比ではなく、とどめに舌が浮き上がって、亀頭から先走り汁をこそぎ取った。

「ぅ、くううっ!?」

突き抜ける痺れに、透真は椅子からずり落ちかける。慌てて背もたれを摑み、ひっくり返りかえるのは堪えたが、その間にも口淫は続いた。

やる気満々の愛理は、舌を裏筋の溝に割り込ませ、エラの張り出しをウネウネ縁取る。

やがて、自分の肩まで左右へくねらせだした。その仕草は、肌を衣服へ擦りつけるかのようで、身体が芯からムズつきだしているみたいだ。

こうなってしまえば、白ワンピースからも気品が失せる。

「んぶっ……ぁ、ぇうっ……ふぁぁぷ……ぇろっ、うぇろっ……ぷちゅちゅっ！」

舌ののたくり方はより複雑になり、亀頭を強く押してから、鈴口を弱くなぞった。

かと思えば、勢い余ってカリ首の方まで駆け抜けた。

「あ、愛っ……くっ、ぅぅうっ!?」

続く愉悦がどう変わっていくか、透真は予想させてもらえない。

しかも、愛理の口淫はまだピークに達していなかった。というか、ここまでは助走にすぎず、彼女は肢体の揺らぎと別に、顔を前後へ往復させはじめる。

進むときは陰毛へ鼻が当たるほど、クッと顔を突き出してきた。下がれば愛らしい唇の裏をエラへぶつけて、疼きを過激に破裂させた。

直にしごくのは肉竿部分だが、亀頭も道連れで伸び縮みさせる。

「そっ……それっ、ちょっ……待っ……あ、ぅうぅっ⁉」

透真は片道ごとに、感度が危なっかしく上昇だ。そこを持ち上がったままの舌で飴玉よろしく転がされ、もはや急所を消化されてしまいそう。

「んんふっ！　んっ、んっ、んっ、ぅえぁあうっ……んくぶっ、む、ふぅうんっ！」

竿を固定するために使っていた右手でも、愛理は短い行き来を開始していた。動きはマッサージさながらで、尿道を間接的に揉みしだく。これでより多くの我慢汁が呼ばれ、美少女の口内へ広がった。

「んぶふっ……ぅじゅっ、じゅぶぷっ、んふぅうぷっ！」

いちだんと粘っこくなった水音ときたら、もはや口を漱いでいるみたいだ。それでも愛理は、透真を悦ばせることに集中してくれた。ついには頬を狭め、鈴口を強く吸いはじめる。

「ふぅうんぅうっ！　ぅくっ、ぇ、うぅうっ！　じゅずずぞぉおっ！」

「お、ぁ、おぉあああっ!?」

透真の尿道を、焼けるような疼きが貫いた。

外気に触れることがないその粘膜は、元々、刺激へ極度に弱い。丸ごと裏返さんばかりのバキュームで嬲られれば、ひとたまりもない。

「やばいってっ！　出るっ、出る出るっ！　俺っ、イッちゃうからぁあっ!?」

危機感で鳩尾が縮こまり、透真はとうとう泣き言を吐く。すでに竿の底が重くて、大量の精液が集まってきているとわかった。

それでも愛理は止まらない。ジュップジュップと牡汁と唾液を口内で混ぜながら、夢中で往復を繰り返す。

しかも破廉恥極まりないことに、左手でワンピースの裾をたくし上げると、ショーツ越しに自らの秘所まで弄りだした。

「愛理……ぃっ!?」

驚いた透真は、また一段階、射精の気配が強まった。

少女の自慰はペニスの陰で為されるから、具体的な指遣いまではわからない。だが、左腕がモゾモゾ動く様子だけで、躊躇していないのは明らかだ。快感も猛スピードで体内を駆け上ってきたらしく、ひたむきだったフェラチオに、危うい揺らぎが上乗せされる。

「お、くっ、ぅううっ!?」

透真の我慢も限界寸前だった。

せめて気持ちを散らそうと周囲に目を走らせるが、場所が夜の教室だとアブノーマルな気分が高まってしまう。窓が開いているのも、今や露出プレイめいていた。

「愛理っ……このままじゃ俺っ、お前の口の中に出しちゃうんだぞっ!?」

高い声で訴えれば、愛理はむしろ籠もった声で催促だ。

「い、いひよぉっ! んっ、このまぁっ、だひへぇえっ! わたひっ、とぉまくんのせぇえきっ、ぃ、いゃじゃないっ、からぁあんっ！」

彼女が唇と舌をモゴモゴ使うたび、牡の剛直も不規則に揉みしだかれた。

「あ、愛理ぃ……っ! 悪いっ、俺っ、もぅっ……イッ……イクぅううっ!?」

とうとう、尿道を子種にこじ開けられる。透真は反射的に椅子から腰を浮かせ、最後に自分で唇との摩擦を強めてしまった。

「う、ぅあああっ!?」

戒め(いまし)を振り切った精液の群れは、粘膜でできた道を踏みにじり、鈴口まで押しのける。

あとは肉悦の坩堝と化した愛理の内へ、我先に噴き上がった。

ビュクッ、ドクンッ、ビュブブッと、多量のゲル状が押し寄せる勢いは、愛理にも想定外だったらしい。

「んぐっ！　ひ、ふぶふっ!?」

彼女は一転して呻きを漏らし、首も肩も強張らせる。

その間に残りの汚濁が、喉を塞がんばかりに迸る。

「う……ぷはぁあっ！　う、えええっ!?」

とうとう、愛理はペニスを吐き出した。のみならず、離した右手で口元を覆い、激しくむせはじめる。

「うえっえぐっ！　けほっ、けほっ、こほっ！」

これでは透真も、余韻に浸るどころではない。果たして彼女に触れていいものか、この期に及んで迷ったものの、椅子から滑り降りて、背中をさすってやった。

「大丈夫か、愛理っ!?」

手のひらに広がる感触で、ワンピースもいつの間にかたっぷり汗を吸っていたとわかる。その感触まで艶めかしい。

動揺して視線を走らせれば、少女の口からこぼれた精液が、床に飛び散っているのも見えた。

程なく愛理は咳を鎮め、気丈に微笑む。

「んんっ……もぉ平気、平気だから……っ」

そう言ってフラフラ立ち上がり、机の上のバッグを開けると、中からウエットティッシュを取り出した。まず自分の手を拭いて、立膝のままの透真に言う。

「待っててね。あのっ……おち×ちんも、わたしが綺麗にしてあげる……っ」

「ぁ……まあ……サンキュ……ッ」

透真も落ち着かないが、椅子へ座り直す。

そこへ愛理が来て、大きいままのペニスを清めてくれた。

手つきはひたすら丁寧で、猛烈だった口淫と大違いだ。もっとも、亀頭とエラはまだ敏感だし、軽く擦られるだけでムズついた。気を緩めれば、次の精液が呼び出されかねない。

「う、くぅうっ……」

透真がなんとか堪えているうちに、愛理は竿まで拭き終える。さらに床の汚濁も擦り取って、当たり前のように聞いてきた。

「ゴミ箱ってどこかな？」

だが、明日もここで授業があるのだ。透真としては、自分の精液を吸った紙なんて残していけない。

「ゴミは俺が持って帰るよ」

任せっぱなしは悪いのでそう言うと、怪訝な顔をされてしまった。

「……？　記念品にするの？」

「ちげえよ！　そんなゴミ、教室で捨てられないだろっ」

「あ、それもそっか」

愛理は頷いて、精液が漏れないように、新しいティッシュでゴミを包んだ。

「……はい、透真君」

「んっ」

受け取ったものの、次の言葉が出てこない。

思えば、互いのことをまだほとんど知らないのだ。それでフェラチオしてもらい、口内発射まで決めてしまった。

愛理も取り繕うように笑う。

「あ、あはっ……おち×ちんって、なかなか小さくならないんだね？」

「っ……」

確かに、透真のペニスは大きいままだった。

しかも愛理は、沈黙が訪れるのを避けるように、同じ話題をなおも続ける。

「こんなに太いのが女の子の中に入るなんて、嘘みたいだよね。わたし、壊されちゃいそうだよ。あっ……透真君のが特別に大きいのかな?」

そんな感想ばかり並べられたら、透真は愛理を貫く瞬間を思い浮かべてしまう。知識不足のせいで、秘部の形はイメージできないが、きめ細かな肌の肢体を抱きしめるだけでも、きっと最高に気持ちいい。

そんな妄想が股間に影響し、肉幹が根元から弾んだ。

「きゃっ……! 今、ビクッて動いたよねっ?」

浅ましい脈動を見られ、透真は顔が赤くなる。そこへ追い打ちさながら、愛理が聞いてきた。

「もしかして、続きしたいの?」

「……う、ん……。俺は愛理と……最後までやりたい……」

透真は本音を吐き出した。

最初は〝エッチなこと〟に反対していたのだから、手のひら返しも甚(はなは)だしい。

しかし、愛理も何度か瞬きしたあとで、ゆっくり立ち上がった。

「実はね……わたしも、したかったりするの……っ」

「じゃあ、そのっ……き、決まり、だよなっ」

勢い込んで、透真は腰を上げた。


最後までやる——ということはつまり、童貞と処女を、ここ一年三組で卒業するということだ。

そのために透真は机を並べ、即席のベッドを作ってみた。

「背中、痛くないか？」

仰向けに横たわった愛理へ聞くと、彼女は悪戯(いたずら)っぽく微笑み返してくる。

「ふふっ、大丈夫。透真君は紳士だね？」

「からかうなよ……っ。この程度の準備しかできない俺が、紳士のわけねぇだろっ」

ともあれ、続けても大丈夫らしい。

だが次は少女に股を開かせる訳で、純情少年にはこれも精神的なハードルが高かった。

愛理が机に乗せているのは腿までで、膝は九十度曲げ、つま先を床へ向けている。

（これを摑んで……こう広げて……で、合ってるのか？）

透真は脳内シミュレートしながら即席ベッドの前に立ち、無抵抗の両膝を捕まえた。

「あ、んっ……」

乱れかける少女の息遣いを聞きながら、壊れ物を扱う気分で左右へどける。

すると持ち上がった腿に押され、ワンピースの裾まで自然とめくれた。下から出てきたショーツは、フリルが付いた白色で、あどけない持ち主の気質と合っている。

ただ、中央にはあられもない染みが出来上がっていた。

「うぁ……」

透真は息を飲んだ。

先ほどから鼻孔をくすぐる水っぽさは、我慢汁だけが原因ではなかった。秘所から漏れた愛液も、性の匂いを振りまいていたのだ。

しかも、透真がたじろぎかけたと見るや、愛理は息を弾ませながら訴えてくる。

「わたしなら大丈夫だよ……？　すごく胸がドキドキして、熱くなってるから……っ」

さっき彼女がオナニーを始めたのも、本番への期待ゆえかもしれない。

ともかく、透真はガクガク頷き――直後、己の手際の悪さを呪った。

愛理の脚を広げたままでは、ショーツを脱がせられない。これではフェラチオ前に彼女がした失敗と、まったく同じだ。

が、こうなったら、ごまかし通すしかなかった。

少年はヴァギナが机の縁までくるように、愛理の下半身を引き寄せる。ショーツのクロッチ部分へ指先を引っかけ、横へどける。

「う……」

人肌で温められながら愛液がニチャつく下着は、男心を揺さぶる手触りだった。しかも、出てきた股間部は陰毛が予想より濃くて、麗しい顔立ちとのギャップが大きい。

透真が後ろめたさをねじ伏せて目を凝らせば、黒々とした中に秘所の本体もばっちり見えた。

外側にある、なだらかな丘みたいな盛り上がりが、大陰唇だろう。間から見える薄い二枚が小陰唇で、自分が目指すべきは、さらに奥の膣口だ。

などと、透真は前に受けた保健体育の授業を思い返す。

とにかく、どこを取っても柔らかそうで、節くれだった男性器と大違いだ。

「やる……からなっ?」

念を押して、彼は上向いたままの男根を握った。愛理が頷くのを待ち、竿の角度を低く変えるが、すでに鼓動は早鐘のようだ。自身の手の感触まで悩ましく、脚が勝手に震えだす。

それでも無理やり腰を進ませて、亀頭を割れ目へ押しつけた。

「うくっ……！」

「はぅぅんっ！」

牡粘膜で触れてみれば、秘唇はやっぱり柔らかく、少し圧すだけで容易にたわんだ。しかも予想以上の火照り方で、牡肉を温めはじめる。

愛液のヌルつき具合も、透真を煽ってきた。さっき愛理は、我慢汁に触れてエッチな感じと評したが――とんでもない、彼女の汁の方がよっぽど淫猥だ。

とはいえ、滑りやすいせいで、怒張は合わせ目からズレてしまう。

「く、ぁううっ!?」

擦れた亀頭の裏が痺れ、透真は前につんのめった。姿勢を直して再チャレンジしたが――またもやツルッと上滑りだ。

「ん、んんっ！」

焦燥感がこみ上げてきた。次こそは、と意気込んだところで、愛理に止められる。

「待って、透真君っ……」

「な、なんでだよっ」

尋ねる声が八つ当たり気味になってしまったが、愛理は気を悪くするでもなく、下着がどけられているのと反対側から、細い指を陰唇へ添える。

「こうすれば、入れやすくないかな……？」

そう言って、女性器をクパッと広げてくれた。

「ぅあっ……えっ⁉」

あられもないサポートをされて、透真は目を白黒させる。

露（あらわ）になった谷間の奥は、外側以上に濡れそぼち、さながら融解寸前のていだ。暗くて細部はわからないままだが、ともあれ膣口をずっと狙いやすくなる。

「ごめん、愛理っ……！　俺、次はちゃんとやるよ！」

申し訳なさ、みっともなさ、さらに想いへ応えたいという熱情から、透真は改めて逸物を繰り出した。

すると今度は上手い具合に、亀頭がぐしょ濡れの窪みへはまり込む。

「ふ、ぅっ！」

また変な声が漏れてしまった。

何せ、外縁をなぞるだけで亀頭が痺れたのだ。膣口周りの火照りはもっとすごくて、愛液が湯のように感じられる。成功を喜ぶゆとりなんて、とても持てない。

「あ、やぅうっ……!?」

愛理も大事な場所を突かれ、手を秘所から浮かせていた。解放された陰唇は即座に狭まり、感じやすい牡粘膜をついばみだす。

「んっ、愛理……ぃ！」

さらなる快感に震える透真だったが、慌てて引き返したら台無しだ。負けじと腹筋を固め、秘洞へ分け入る方を選んだ。

これで牝粘膜に急所がめり込んで、疼く度合いも面積も跳ね上がる。直後には、行く手を極薄の壁みたいな弾力で阻（はば）まれる。

「う、あっ……！」

「ぁあっ……ん、くううふっ！」

戸惑う彼の下で、愛理も身を縮こまらせていた。

たぶん、亀頭が当たったのは処女膜だろう。これを破れば、やり直しは利かない。

透真はさらなる決意を籠めて、生娘（きむすめ）の証（あかし）をプツリと破った。

「あぐっ！　ひっ、ぅううんっ！」

愛理が痛みを堪えるように喉を鳴らし、透真も脳天を打ち据えられる。

処女膜の先で待っていた蜜壺は極度に小さく、舌みたいな襞が折り重なっていた。牡肉を押し戻しそうとする抵抗たるや、丸っこい亀頭をひしゃげさせんばかりだ。

それでも息んで奥を目指せば、続くカリ首まで揉みくちゃにされた。

もちろん、亀頭は圧迫されっぱなし。膣壁はなかなか侵攻を許さないくせに、抜けてきた部分へはみっちり形を合わせ、キュウキュウ抱きしめてくる。

「く、ぐぅうっ!?」

泣きたくなるような疼きが途切れず、次に竿の番が来た。頑丈なそこも、膣内に入れば、皮を根元の方へ手繰(たぐ)られ、むず痒さが膨らむ。引っ張られた亀頭とエラもいっそう張り詰め、全方位からしゃぶられた。

「あ、愛理っ……愛理の中っ、すげっ、ぇ……!」

透真は脂汗を浮かべながら、呼びかけてみる。

だが、愛理は辛うじて頷くだけで、返事らしい返事すらできずにいた。端正な顔を歪(ゆが)め、額や頬は熱病で浮かされたように赤い。快感混じりの透真とは、明らかに様子が違った。

「このまま続けてっ、大丈夫なのかっ!?」

「ん……んんっ！　や、やめない、で……ぇっ！」

愛理は途切れていた言葉を絞り出しながら、透真の腕をさすってきた。

「じゃあっ……やるぞっ!?」

せがまれるままに、透真も奮戦を続ける。やがて、最深部まで辿り着いた。もっとも、終点の肉壁は弾力を宿しており、ぶつかった鈴口をますます歪ませる。

ショックに打ち震えた透真がゴールを実感できたのも、数秒は経ったあとだ。

「うあっ、愛理っ……！　俺っ、入りきったぞっ!?」

再度声をかければ、愛理も健気に笑い返してきた。

「う、んっ……うんっ……わたしの中っ、透真君でいっぱい……だねっ……」

「つっ……！　愛理が楽になるまでっ、俺っ、動かないからな……っ！」

自分が汗だくで情けない顔になっていると、透真にはよくわかった。だから視線は何度も泳ぎかけてしまうが、やっぱり愛理をちゃんと見つめたい。

愛理も似た心境らしく、あらぬ方を向きかけては、視線を戻してきた。

そんな初々しいことを二人で繰り返すうち、ヴァギナからも、ほんの少しだけ強張りが抜けてきた――ようだ。

それは透真の勘違いではなかった。愛理も目を細めて言いだしたのだ。

「透真君っ……そろそろ動いて、大丈夫みたいだよっ……。わたし……いろんな感じを、君に教えてほしいから……っ。ね？　してっ？　動いてみて……っ？」

「ぅ、くっ……！」

透真は一瞬だけ迷う。

すでに男根内へは飽和状態すれすれの快楽が蓄積されて、動けば二度目の絶頂がさらに早まってしまうだろう。それに自分の下手な動きだと、膣壁を傷つけてしまうかもしれない。

とはいえ、愛理へは応えたいし、何もしないで果てるのも嫌だった。

「わ、わかったよっ……！　俺っ……やってみるぞ！」

あえて声を張り上げ、集中のために息を止める。暴発を防ごうと、尻の筋肉も固く締める。そうやって気構えを整えたうえで、腰をわずかに引いた。

直後、カリ首が襞へひっかかり、膝がカクッと砕けそうになる。

「ん、くぅうぐっ！」

「はぅううんっ!?」

下では愛理も呻いていて、透真は慌ててブレーキをかけた。

「あ、愛理、大丈夫かっ……!?」

「うんっ……いいのっ！　このまま続けてぇっ！」

透真の腕へ添えられた手に、力が籠る。

「わかったよっ！」

透真は急所の痺れだけでなく、腕へかかる質感へも意識を傾け、さらに男根を抜いていった。

とはいえ狭い膣の中では、襞との衝突なんて回避しようがない。

カリ首の疼きは絶え間なく、亀頭だって磨かれつづけた。竿は外へ出てくるが、こっちはこっちで、何も触れなくなったのが悩ましい。

結局、帰りの道でも、透真は息が上がってしまった。

そこで愛理を見れば、彼女は小さく頷いてくれる。

なら、選択肢は一つだけだ。透真はヴァギナへと突き戻った。

「つぁっ、ぅううあっ⁉」

怒張が離れたほんのわずかのうちに、膣肉は元の幅まで戻っていて、押し入れば肉悦が破裂する。

「お、俺ぇっ、気持ちよすぎて……おかしくなっちまいそっ、だっ！　そっちはきつくないかっ？　もっとゆっくりがいいならっ、言ってくれよっ⁉」

「うんっ……うっ、わたしっ、平気ぃっ！　してっ！　透真君の好きなようにっ、しちゃってぇえ！」

叫ぶどちらも切羽詰まっていたが、愛理の声音はさっきより軽めで、徐々に痛み以外の何かを抱きはじめている様子だ。

気張った透真は、秘洞を奥まで打ち抜いて、また亀頭を押し返された。

「く、おぅううっ！」

ただし、彼も一回目より立ち直りが早い。落雷じみた感覚に抗って、次のバックを敢行だ。

カリ首へ殺到する肉悦を食い荒らし、あとは汗をダラダラ垂らしつつも、休みない抽送へ取り掛かった。

抜いて、挿して、抜いて、挿す。

やればやるほど体温が上がり、汗と共に発情の匂いが発散される。ジュポッジュポッと起こる愛液の音にも、心をかき乱された。

下では愛理ものけ反って、肩、腕、広げたままの脚まで、艶っぽく痙攣させている。

「ひっ、ぁあぁんっ！　透真っ、くぅううんっ！　す、すごいよぉおっ！　こんな感じっ、わたしっ、初めてだよぉおうっ！」

もはや、痛がっているようには見えない。

「俺もだっ、愛理とするまでっ、エッチがこんな気持ちいいなんてっ、し、知らなかった……ぁぁおっ！」

すでに、透真は止まることが難しかった。亀頭を先頭にして潜る行きの愉悦と、エラを矢面に立たせた戻りの喜悦、両方の魅力に取りつかれている。

そもそも、ジッとしていたって、射精を先送りにできる時間はたかが知れていた。愛理が喜んでくれるなら、さまざまなピストンを試して果てる方がよい。

そう考えたら、すかさず実行だ。

まずは肉壺を奥まで抉ったまま、のけ反るように腰を押し出してみた。すると亀頭が子宮口付近へ食い込んで、被虐的なほど強く痺れる。

続けて、短いストロークで終点を忙しくノックすれば、粘膜同士のぶつかり合いの連発で、自分も目まぐるしい肉悦に打ち据えられた。

愛理だってそれらに反応し、最深部を標的とされたときは、中から持ち上げられたかの如く、腰を机から浮かせかける。連続で突かれると、突っ張る肢体をカクカク前後させ、喉まで反らして喘ぎまくる。

「ふあぁあっ！　わ、わたしぃっ、壊れちゃいそぉっなのにぃいっ！　透真君にっ、いっぱいっ、いっぱいぃひっ、してほしいっ、のぉおおっ！」

ワンピースの裾の揺れ方まで、牡を手招きするようにいやらしい。

彼女は肢体の力を抜けないまま、救いを求めるように見上げてきた。

「すごいっ！　すごいよぉおっ！　わたしっ、馬鹿になっちゃうっ！　透真くぅううんっ！　初めてなのにぃいっ、どうしてこんなっ、いろいろできるのぉおっ!?」

「そんなことっ、俺だってわかんねぇっ……よっ！」

透真はあと先考えず、ひたむきな動きをしているだけなのだ。しかも、無茶しつづけたため、精子が押し留められる境界線を超えかけていた。

強すぎる喜悦は、気迫だけでどうにかなるものではない。

募る焦燥によっても、少年の性感は研ぎ澄まされてしまう。

「ご、ごめん！　ごめん、愛理！　俺、やっぱり保たないっ！　出るっ！　でっ……出るぅうっ！」

悲鳴を上げる間でさえ、抽送は獰猛になっていた。

愛理も少年の腕へかける力を、クンッと強める。

「いいよぉっ！　だ、出してぇえっ、透真くぅうんっ！　仕上げにっ……ぃっ！　精液を中に出される気持ちっ、わたっ、わたしにぃいっ！　教えてぇええええっ！」

絶頂寸前でそんなふうに求められたら、とても抗えない。

「あ、お、おぉおっ！　俺っ、イクからっ！　イ、イクぅううっ⁉」

少年は喉を震わせて、膣口から子宮口まで真っすぐ抉った。

酷使されたペニスも、すべての牝襞から捏ねくり返されて、特に亀頭が沸騰しそうだ。この悦楽がとどめとなって、尿道内をザーメンが逞しく突っ切った。

「あ、く、ぅううっ！」

「ふあぁあっ！　ぅぁあはぁああっ！　おち×ちんっ、来てるぅうっ！　お腹の奥ぅうふっ……っ、突き抜けちゃうぅううんっ⁉」

透真の唸りと、愛理のよがり声。二つをBGMに、スペルマは鈴口を割り開いた。

至近距離から愛理の子宮へ雪崩れ込む液塊の量は、二度目であってもぜんぜん衰えない。むしろ、噴水さながらの勢いとなり果てた。

「はっ、あっあぁああっ！　透真君のおち×ちんっ、熱ぅううっ……いっ、よぉおおおぉおっ！」

中出しされた愛理の絶叫も、今日一番のボリュームだ。

それに達してなお、透真の法悦は終わらなかった。なぜって射精中の、最も敏感になりきったタイミングで、膣襞が全方位から咀嚼してくるのだ。

「お、おぉっ、おぉおおっ……！」

透真が呻いていると、愛理も汗みずくの美貌を紅潮させたまま、切れ切れに呼びかけてきた。

「んっ……はっ……と、透真君っ、イッたんだよね……っ。今度はわたしの中でっ、ビュクビュクって……あ、あはぁ……出してくれたんだぁ……っ」

彼女は指の力を抜けず、爪を立てんばかりに透真の腕を握りつづける。その声が引き金となって、

「くっ、ぅううっ！」

透真は尿道に絡まっていた子種まで、ビュププッ！

半端なオマケのように、無垢だった胎内へ打ち出していた。


行為が終わり、休憩が済んだら、あと片付けの時間だ。

しかし、ここまでずっと非現実的なことばかりが続いている。床に落ちた愛液を拭う透真は、顔を上げたら愛理が消えていそうで、ふと心配になった。

「あのさ……これって夢じゃないよな？」

下を向いたまま聞くと、愛理は小さく笑う。

「わたしは現実だよ。あ……幽霊だけどねっ？」

「その設定、まだ続けんのか」

突っ込みながら顔を上げるや、愛理の姿を視認できて、透真もようやくここまでの体験に自信を持てた。

「……俺たち、これから付き合うんだよな？」

「うん。透真君はいいんだよね？」

「もちろんだ！」

透真はズボンのポケットから、携帯電話を取り出す。

「れ、連絡先も交換しようぜっ」

すると、愛理が目を伏せた。

「ごめんね。わたし、携帯電話は持ってないから……」

「え、そうなのか？　けど、連絡先がわからないと、次の約束をできないじゃんか」

「それなんだけど……」

少女は少し考えるような間を置いたあと、こんな提案をしてきた。

「毎週、金曜日の夜に、この学校で会うのはどうかな？」

「え？」

「わたし、また鍵を持ってくるよっ」

それだと、透真は親の目を盗んで出てくるのが一苦労だ。他の場所へも遊びに行けないし、急な都合で来られなくなったら、相手を校門前で待たせてしまう。

とはいえ——、

「駄目、かな?」

愛理から申し訳なさそうに聞かれて、諸々の不満を呑み込んだ。

彼女に特別な事情があるのだとすると、無理やり身元を聞くのは憚(はばか)られる。細かいスケジュールの調整なら、今後の相談で可能なはずだ。

「愛理がそうしたいなら、俺は構わないよ」

「ありがとうっ、透真君っ」

愛理が嬉しげに微笑む。

それを見て——自分の選択が正しかったのだと、透真も直感できた。

第二章　儚い約束

――夜の音楽室に、優雅なピアノのメロディが流れる。

弾いているのは愛理で、透真は演奏を横の特等席から聞いていた。

二人が出会って、ちょうど一週間。つまり今日が初めてのデートだ。

そこでどうして独演会が始まったかといえば、前回の帰り際に愛理から提案が出たためだった。

――これからしばらく、会うたびに自分の好きなものを教えっこするとか、どうかな？　そうすれば〝自己紹介〟にもなると思うしっ。

安城学園の音楽室は、防音性がきっちりしているので、照明さえ絞っておけば、外部に気づかれる可能性は低い。

演奏はこれが三曲目で、鍵盤の上を跳ねる愛理の十指は、ダンスのように軽やかだ。

音楽の善し悪しなどわからない透真でさえ、彼女が並外れた腕前とわかった。前回と同じ白ワンピース姿まで、発表会用の装いみたいに思えてくる。

やがて演奏が終わったら、透真は惜しみない拍手を送った。

「すごいなっ、すごいよっ！」

手を打ちながら声をかけると、愛理も達成感の滲む顔を向けてくる。

「ふぅぅっ……最後のがわたしの一番好きな曲なんだよ……っ。難しいんだけどねっ」

「やっ、プロ並みじゃんかっ。ありがとなっ、すっごいもん聞かせてもらったよっ」

アップテンポの曲が連続したため、そうとうな体力が必要だったのだろう。愛理の額には薄く汗が浮き、細い肩も上下を繰り返していた。

だが、興奮が一段落すると、透真の感動には疑問も紛れ込む。

街のピアノ教室や部活動だけで、ここまでの技術は習得できまい。才能に恵まれ、かつ幼い頃から専門家の厳しい指導を受けてきたはずだ。

――いったい愛理は何者なのか。

この一週間、何度も考えてきたことではあるが、謎はさらに深まった。実はすごいお嬢様で、自分だと不釣り合いなのではなかろうか。

本来は前向きな透真だが、不安が湧いてしまう。

そこで愛理が屈託なく笑った。

「次は透真君の番だよ」

「あ、ああ……そうだなっ」

慌てて疑念を打ち払い、透真は床から自分のバッグを持ち上げる。

彼にとって一番の趣味は読書だ。しかし、それでは愛理と楽しめないから、今回は親のポータブルＤＶＤプレイヤーを持ってきた。いっしょに用意したソフトは、すべて好きな小説が原作で、サスペンス、コメディ、ロマンスと、幅広いジャンルを押さえてある。

（ただ、あのピアノのあとで、単なる映画ってのはなぁ……）

どうも見劣りしてしまう。今からでも、愛理が驚く何かへ変更したかった。

透真は必死に頭を働かせて——急に閃く。

「あ、愛理ってさ、怖いのとか苦手かっ？」

「え、平気だよ？　ほら、わたしって幽霊だし。こうやって夜の学校へも、二人きりで入り込めるもんねっ」

「なら、肝試しに参加しないか？　八月に中学時代の仲間といっしょにやるんだよ」

このイベント、毎年やっているもので、今回は同窓会も兼ねていた。透真と気の合う者ばかりが集まるし、参加者は男女混合だから、「学園生活に未練がある」と語った愛理も楽しめるのではなかろうか。

行う場所は、透真たちの母校である甘本(あまもと)第一中学校の裏の小山で、昼は子供連れや老人の散歩コースになるぐらいだから、治安だって悪くない。

そんな事柄を説明していくと、愛理も興味を示しだした。

「うん、楽しそうっ。わたし、肝試しなんてやったことないよっ」

「問題は、集まりが金曜じゃないことなんだけどさ……」

「それならどうにかなるよ。っていうより、部外者のわたしが、いきなり顔を出しちゃっていいの？」

「平気だって。先に俺が連絡しておくっ」

話がうまく運んで、透真はホッとした。

やはり超絶演奏のあとには、これぐらいのサプライズが必要だ。

「じゃあ、俺の一回目の好きなものアピールはそれってことで！　来週までに他のネタも考えるから、今日は愛理のピアノを、もっと聞かせてくれないか？」

「んっ……」

愛理は頷きかけたが、ふと思い出したように、身を乗り出した。

「そのバッグ、何が入ってるのっ？」

「え？」

「だって、自分の番になって開けようとしたじゃない。何か用意してあるんだよねっ？」

意外と鋭い。愛理の目はキラキラとして、はぐらかすのは気が咎(とが)めた。

「いや……好きな映画を持ってきたんだけどさ、あのピアノのあとじゃ平凡だろ？だから……」

途端に愛理は椅子から飛び跳ねて、透真の眼前へやってくる。

「見ようよっ。二人で映画なんて、すごくデートっぽいもんっ」

「え、あ、そうか……？」

透真が面食らうノリのよさだった。

これなら変に隠さず、最初から見せればよかったかもしれない。

愛理の人柄を信用していなかった気がして、彼は密かに反省した。

それからも、透真の日々は目まぐるしく過ぎていった。

現状、愛理の連絡先を知らなくても不都合は生じず、疑問や不安だってデートを重ねるごとに薄れてくる。

〝自己紹介〟は二回目以降も続き、愛理は自分の好きな映画ソフトを用意したり、お気に入りのティーセットやお菓子を持ってきたりした。

透真は愛理に頼まれ、部活でやるような絵本の朗読などを披露した。

そんなこんなで一カ月が過ぎて、肝試しの夜がやってくる。

透真は愛理と合流し、友人たちとの待ち合わせ場所である裏山の入り口へ向かった。

夜道を歩く時点で、愛理はもうハイテンションだ。ときに透真の前へ飛び出して、数メートル先でスキップする。

その服装は、今日も今日とて白ワンピースで、化粧っ気もなかったが、顔立ちの端正さはいっそう引き立った。

「ふふっ、大勢で遊ぶのなんて、わたし久しぶりだよっ」

彼女を誘ってよかったと、透真も心から思える。ただ、愛理は他者との接点がかなり少ないようで、それが気にかかった。

時代錯誤な家の箱入り娘なのか、他の理由があるのか。

（まあ、本物の幽霊だなんて線、絶対にないけどな……）

やがて、集合場所が道の先に見えてくれば、古びた街灯の下に女子が三人、男子が二人、雑談しながら立っていた。

「ああ、もう全員来てるな」

ニックネームはそれぞれ、ナオ、ツムギ、クミ、ダイゴ、ショウ。みんな、透真とは三年以上の長い付き合いだ。

透真は近くの住人の迷惑にならないよう、声を抑えて彼らへ手を振った。

「おーい」

「あ、来た来た。マジで女連れ……って、え、ええっ……!?」

一人が、上げかけた声を切ってしまう。それが愛理の美貌に驚いたからだと、透真にはすぐわかった。

さらに近づけば、友人全員の視線が愛理へ集中だ。

愛理はその前に進み出て、にこやかに名乗った。

「よろしくっ。わたしは影山(かげやま)愛理。今日はわたしも肝試しに混ぜてねっ」

影山というのは、今日のために考えた偽の姓だ。

これでみんなの金縛りが解けて、まとめ役ポジションの女子——本名、倉本奈央(くらもとなお)が透真の袖をグイグイ引っ張る。

「トーマ、ちょっとこっち！」

「なんだよ、おいっ!?」

透真は少し離れたところへ連れていかれ、そこでヘッドロックを掛けられた。奈央は細身のくせに腕力が強く、技の掛け方にも容赦(ようしゃ)がない。はっきり言って、本気で痛い。

「お、おいこらっ、何すんだ!?」

「いいから吐けっ。どうやってあんな、『この世の者とは思えない！』って感じの、超美少女と知り合えたわけ!?」

「つっ……！　学校帰りにたまたま行き会ってさ、落とし物を拾った縁で仲よくなったんだよ……っ」

自称幽霊と夜の学園前で偶然、とは言いづらいから、でっち上げておいた嘘を聞かせる。

しかし、奈央はベリーショートの髪が弾むほど、首をブンブン横へ振った。

「信じられるかっての！　あ、そっかっ。あの美人の弱味を握ったっしょ？　でなきゃ、あんたが付き合えるわけないもんね!?」

「お前、失礼すぎっ！」

言い返しながら愛理へ目をやれば、彼女は他の連中からの挨拶に応じつつ、気づかわしげにこちらをチラチラ窺っていた。

(やべっ⁉)

愛理がどこを浮気のラインと取るかは不明だが、異性に抱きつかれた姿なんて、見せられたものではない。

透真は慌てて身を捩って、悪友を振りほどいた。

「離れろよっ。早く山へ入る順番を決めようぜっ!」

毎回、透真たちはクジでペアを決め、各組が十分な距離を取って山へ入る。

今夜は愛理を含めて七人なので、例外的に二人組が二つ、三人組が一つできる計算だった。それが最後までゴールしたら、近くのファミレスで打ち上げだ。

「ちぇーっ、一人だけ勝ち組を気取っちゃってさーっ!」

奈央はさらにぶつくさ言うが、透真は無視して愛理の許まで戻った。

「愛理、このバカも紹介するよ。倉本奈央で、本名は……」

「はいはいはーいっ。通称ナオでっす!」

奈央は透真を強引に押しのけて挙手だ。

「あ、あはは……わたしは影山愛理。急に割り込んじゃってごめんね?」

押しの強さでは奈央の方が上だったか、愛理の挨拶は控えめになる。

ともあれ、これで彼女に全員の名前が伝わった。

奈央はポケットからクジの束を取り出すと、

「最初に愛理さんからどうぞっ！」

――結果、透真と愛理の二人が、山へ入る一番手となった。


裏山の道は少し坂になっている程度で、夜でも懐中電灯さえあれば、歩くのに支障ない。

ただ、ぐねぐねと蛇行（だこう）し、木々がそれなりに多いため、暗いときは先を見通すのが難しかった。

空に昇った月の光も、枝葉にさえぎられてあまり届かない。想像力豊かで気が弱い者なら、闇の奥に居もしない何かの気配を感じてしまうだろう。

透真だって、とっくに慣れたとはいえ、一回目の肝試しはけっこう怖かった。

「……あとは山のてっぺんまで行って、昼のうちにナオが用意したカードを回収だ。そのまま、反対側の道を下りていくだけでいいんだよ」

行く手を電灯で照らしつつ、透真はおさらいをする。

だが、山へ入ってから、愛理は無口になっていた。

夜の学校を平気で歩いていた彼女だが、屋外は勝手が違うのかもしれない。

「愛理……さっきから静かじゃないか？」

「え、そ、そんなことないよっ」

「怖かったらすぐに引き返すからさ、言ってくれよ？」

気遣って言ってみるものの、「ううん、平気」と短い答えがあるのみだった。

微妙な気まずさを抱えたまま、透真はさらに歩く。

以降も会話は乏しく——しかし山頂が近づくと、今度は愛理の方から口を開いた。

「ねえっ……透真君っ」

「……ん？」

迷った末に弾みをつけて、という口ぶりなので、透真も身を引き締める。

「どうした、愛理？」

「透真君ってさっ……昔、奈央さんと付き合ったりしてたっ？」

「へっ？　なんでそうなるんだよっ……!?」

「だって、すごく仲いいしっ……抱きつかれたりしてたし……っ」

透真はよろけかけた。さきほど危惧したとおり、愛理からはガチのヘッドロックが、いちゃついているように見えたらしい。

「ナオが俺にやったのは、ただの悪ふざけだって！　あいつは昔っから、俺に乱暴なんだ！」

「わたし、奈央さんの恋を邪魔しちゃってない？」

「ないないないないっ。第一、根っからの無神経人間のあいつが、恋愛とか百パーありえないよ！」

愛理の飛躍ぶりを、透真は笑い飛ばした。しかし、かえって睨まれてしまう。

「こ、こらっ……透真君っ。そこまで言ったら、透真君が無神経人間になっちゃうよっ？」

眉根を寄せる素振りは、弟を窘める姉のようだ。

ちょっとだけいつもの彼女に戻ったみたいで、透真も頭を冷やした。確かに友だちの陰口なんて、望むところではない。

「あー、うん。そうだな。今のは無し。でも本当に、俺とナオの間にそういう気持ちはないんだって。学校でも言ったろ。俺は愛理と会うまで、恋愛なんて縁がなかったんだ」

「そっか……うんっ、わかった」

やっと愛理も信じてくれる。

そこから少し間を置いて、彼女はまた目を逸らした。

「わたし、透真君と奈央さんの気安い関係が羨ましかったのかも……。わたしもね、この先いっぱいの時間を、透真君と積み重ねたい。『理想の青春を探そう』って透真君に言ってもらえたとき、すごく勇気づけられたから……っ」

「愛理……」

透真には、この告白の方が驚きだった。

奇妙な交際が始まって以降、自分だけが不安を抱えているつもりでいたのだ。

なのに突然、弱々しい心情を打ち明けられた。

（ああ、そうだよな……。俺たち、まだ一月ちょっとしか過ごしてないもんな……）

愛理の場合、距離を摑み切れないもどかしさだけでなく、素性を伏せつづける罪悪感だってあるかもしれない。

だが、自分とのことで心配なんてしないでほしい。そのためにも〝好き〟な気持ちを、全力で伝えたい。

そう。今すぐにでも。

「なあ、愛理……今日は俺からキスしていいか……？」

「え？　え？　えっ？　どうしたの、いきなりっ……」

不器用な切り出し方のせいで、よけいに混乱させてしまったようだ。

透真は怯みそうなのを堪えて、恋人の前へ回り込んだ。

「俺さっ……お前をどれぐらい好きか、この場でわかってほしいんだっ」

「だ、だけど……その……奈央さん達が来ちゃったら……」

「なら、あっちだ。ほら、木の陰に隠れれば、絶対に見られない！」

次の組が来るまでに、まだだいぶ時間があるだろう。しかし、愛理が望むなら、場所を変えるぐらい構わない。

道から外れた暗がりを指させば、愛理もそちらへ顔を向ける。その隙に細い手首を捕まえた。

「行こう、愛理っ」

「う……うんっ」

まだ戸惑う気配の愛理だったが、それでもソワソワ頷いて、後ろへついてきてくれた。

「んくっ……ぅっ……ふぅうっ」

「は、むっ……んぅぅんっ、ぁぁ……っ」

暗がりの中で明かりを消して、透真と愛理は唇を重ねる。

学園で会うときも軽いキスぐらいするが、今回は特に情熱的だった。唇だけでなく身体も押しつけ合い、腕まで互いへ絡ませる。

「愛理っ……んんっ、愛理っ……」

透真は恋人の抱き心地に、すっかりのぼせてしまった。

セックスは最初の夜以外やっていない。性行為を持ち掛ける上手い口実が思い浮かばないし、やりたいことの数と比べて、会える時間が短すぎる。

だからこそ、久々の感触が愛おしかった。

手の下にある肩は羽のように柔らかく、胸の膨らみはブラジャーとワンピース越しに、胸板をなぞり返してくる。唇の柔軟さと温もりだってダイレクトだ。

興奮は股間まで及び、ロマンチックなキスをするつもりでいたのに、少年はズボンを突き破らんばかりにペニスをそそり立たせてしまった。

さすがに、甘い口づけの最中に勃起を知られるのは恥ずかしい。名残(なごり)惜しさを覚えつつ腰を下げてみたが、途端に愛理が前進し、浅ましい硬さへ下腹部を押しつけてきた。

「あ、愛理……ぃっ……んふぅう⁉」

股間を圧迫された透真は、いよいよ悩ましくなったものの、遠慮もいっしょに消え失せた。

お返しとばかり、思いきって舌を持ち上げてみる。ディープキスなんて初めてだが、外国映画のシーンを参考に、開きかけた恋人の唇を割った。

「く、むぅうんっ！」

「ふ、ぁぁんっ？　んんぅうっ……く、ふぅうふっ！」

始めた自分の方まで、擦れた箇所がこそばゆい。

それに、愛理が戸惑いの声をあげたのも出だしだけ。むしろ彼女は、透真の舌を唇で挟むや、動けなくなったところをひたむきに擦り返してきた。

「んくっ……む、ふぅうっ⁉」

舌表面のザラつきが擦れ合い、思った以上に痺れが強まる。

透真は二の腕や首筋まで粟立って、その間にいちだんと伸ばされた愛理の舌先に、唇の裏や歯茎までなぞられる。

「ぅううっ……ふ、くっ、んむぅううっ⁉」

うかうかしていると、やられっぱなしで終わってしまいそうだから、彼も舌を再び波打たせて、侵攻を迎え撃った。

「んんっ……愛、理っ……む、むっ、ぅうんぅうっ！」

「は、ぁふっ……ぁぁんっ……とぉ……まっ、くぅんっ！」

粘膜同士の睦み合いは、軟体動物の交尾とも似て、欲深くかつ執拗だ。唾液が顎までこぼれてきたが、むしろ粘っこさが甘露のように思えて、少年は意図的に啜り上げた。

やがて息が保たなくなり、どちらからともなく顔を離す。

だが昂りは鎮まらない。枝の間から差し込む淡い月明かりを頼りに、至近距離から見つめ合う。

「愛理……」

短く呼べば、愛理は小声でせがんできた。

「透真君っ……次はズボン、下ろしてくれる……？」

「えっ……!?」

透真もこれには面食らう。

「その、いいのかよ……。今日の肝試し、楽しみにしてたんだろ？」

さらに先までやるとなると、イベントへ戻れなくなってしまうかもしれない。

しかし、恋人は体当たりめいた勢いでしがみついてきた。

「本当はね……わたし、透真君と会うたびに期待してたのっ。こんなにされちゃったら、もう我慢できないよ……。だから、奈央さんたちに怪しまれない範囲で……お願いっ」

勃起したままのペニスへまた重みがかかり、透真は息を飲む。

彼女だって、本当は性欲を持て余していた。ふしだらな告白付きで股座を刺激されたら、場所が外であることすらブレーキにならない。むしろ背徳的なシチュエーションで、胸が滾る。

「……う、うん、続けようっ！」

あまり時間をかけていたら、みんなに追いつかれるだろう。が、無理に射精を我慢しなければ、きっと大丈夫だ。

透真は愛理をいったん引き離し、腰のバックルに手を掛けた。

ベルトを外し、ズボンとトランクスは膝まで下ろす。

男根も外へ出るなり真上を仰ぎ、根元からピクッピクッと揺れはじめた。

下半身をむき出しにする開放感は、教室で脱いだときよりずっと大きい。尿道内まで広がるようで、このまま放っておいても、遠からず精液が昇ってきかねない。

愛理もますます瞳を潤ませた。

「ぁ、わたしがしてあげるね？　新しいやり方をたくさん考えてみたし、前より上手くなれたと思うから……っ」

「……ああ、よろしくなっ……」

少年のぎこちない返事を待って、彼女は立ったままでペニスへ右手を伸ばしてきた。

言うだけあって動作はスムーズで、竿の中ほどを丁寧に握る。

逆に透真はふっくらした手のひらへ対応しきれず、早くも四肢が震えてしまった。

「ぁンっ……！　すごく、硬いね……」

愛理が筒状にした手を、竿から亀頭へとずり上げた。あとは五本の指を、個別に波打たせだす。

力は透真が自慰するよりも弱く、反面、獲物を味わうみたいにねちっこい。やわやわと亀頭を撫でさすり、鈴口は親指の腹で解す。

透真は気持ちよさだけが詰まった極小の空間に、己の急所を閉じ込められた気分だった。

「お、おっ、ぉおうっ！　愛理っ……そのやり方は……っ！」

「あ、気持ちよくない……？」

「いやっ……そのっ……始まりからもうっ、感じすぎてる……っ」

臨戦態勢だった男根も、鈴口から我慢汁を滲ませだして、指先を濡らされた愛理は、自身が愛撫されたみたいに切なく息を弾ませた。

「あ……んっ、このネバネバした感じ、好きぃ……っ」

奉仕もいちだんと積極的になり、二度、三度と亀頭に我慢汁を重ね塗りだ。おかげでヌルつきはみるみる広まり、指戯の速度を上げてきた。ハイペースで注ぎ込まれる愉悦に、亀頭も最大サイズを超えて膨らんでしまいそう。

「俺……どんどん愛理相手に弱くなってるみたい、だよっ……！」

声を潜めて透真が教えれば、愛理も嬉しそうに笑みを漏らし、手口をまた変化させた。

手のひらを牡肉から浮かせ、代わりに動かしやすくなった指で、牡粘膜を玩弄(がんろう)しはじめる。その柔軟さたるや、フェラチオしたときの舌さながらで、しかも五本がかりだから、透真に逃げ場なんてない。

「あ、ぅ、おっ……そ、それ……ヤバいって！」

射精を堪える気がなくとも、本能的な危機感を覚えさせられる快楽だった。

同時にフラッシュバックさながら、ピアノの前に座った愛理を思い出す。

演奏中、彼女の指はすべてが独立した意思を持つように、鍵盤の上を跳ね回っていた。

あの並外れた器用さが応用された責めだから、気持ちいいに決まっている。

「く、ぅおうっ!?」

エラの窪みをクイッと薬指で縁取られた瞬間、少年はついに腰を揺さぶってしまった。

刹那、摩擦が強まって、さらなるむず痒さが押し寄せてくる。

しかも、この動きを糸口に、愛理はカリ首を重点的に捏ねくりだした。

「あ、く、ぅあぁあっ……!?」

もはや、力加減は関係なく、電流さながらの疼きようだ。

透真は我慢汁だけでなく、子種の集まってくる気配まで、竿の底に感じた。尿道も本格的に緩み、このままでは竿をしごかれないうちに果ててしまう。

いくら射精を先延ばしにする気がないとはいえ、これでは呆気なさすぎだ。透真は尻に力をかけて、上ってくる子種を堰(せ)き止める。

直後、愛理が使っていなかった左手を浮かせた。少年のシャツを巧(たく)みにたくし上げ、汗だくだった薄い胸板を完全に露出させた。

「えっ、何すんだよっ⁉」

身を硬直させた透真は、阻んだばかりの精液を送り出しかける。

思わず脂汗が浮いたそこへ、愛理が夢見るように返答だ。

「わたしね……透真君を想って、胸をお風呂で弄ってみたら、ピリピリ感じちゃったの……。男の子もここで気持ちよくなれるのか、教えてほしいな……っ」

彼女は平然とオナニー体験を暴露し、少年の胸へ美貌を寄せた。

「いやっ、待てってて っ、そんなの絶対に女子だけだって……！」

乳首が性感帯になるなんて、男子の身ではありえない。それにささやかだが、恥ずかしい事情もある。

「俺っ……今は汗臭いと思うし……っ！」

「ううんっ……透真君の匂い、わたしは大好きだよ……っ」

説得を聞き流して、愛理はクンクン鼻を鳴らした。その子犬めいた甘え方に、透真は照れが募る。

「よ、よせってば……おい⁉」

しかし、少年がいくら言っても聞いてくれず、彼女は右乳首をペロッとねぶった。

次の瞬間、鋭い疼きが小さな突起へ雪崩れ込み、予想を裏切られた透真は、赤らむ童顔を歪めた。

「は、んくっ⁉」

乳首が女子だけの弱点ではないと、身をもって思い知らされた。

とはいえ、少女めいた自分の外見に抵抗がある彼だから、にわかには快感を受け入れられない。混乱しながら手を握り、歯もきつく食いしばる。

一方、愛理の舌は、連続で円を描きだしていた。動き方は時計回りで、なぞるのは乳輪ごとだ。

「んんふっ……れろっれろっ、んんぅうっ」

「は！　くっ……ぅ、う、うっ！」

彼女が押すたび、透真の乳首はひしゃげて痺れる。愛撫がズレれば、元の形に戻るものの、疼きが即座に消えるはずもなく、そこをまた擦られる。おかげで快感が上乗せだ。

しかも、愛理は手まで使いつづけていた。意識を乳首責めに割り振った分、指の細やかさは減ったものの、再び手のひらごと亀頭へかぶせ、粘膜部分を一度に愛でてくる。

「は、うぅうっ……愛理っ……俺っ、ぇえっ……！」

透真はもはや、どちらに気持ちを向けようと、崖っぷちだった。乳首は神経が破裂しそうだし、ペニスはほんの一擦りにさえ過剰反応をする。

先走り汁もこぼれっぱなしで、玉袋までトロトロ届いていた。

と、愛理が右手の包囲をいきなり狭め、亀頭をしっかりと摑む。

これがしごく動きの前触れだと、透真にもはっきりわかった。

直後に右手が急降下だ。

牡粘膜は丸ごとしごかれたうえ、張り出すエラまでズリズリ擦られた。さらに手が竿へ移ったあとも、男根の薄皮と共に長々伸ばされる。爆(は)ぜる疼きたるや、フェラチオが優しかったと思えるほど強い。

「は、ぐ……っ！」

透真は後ろの木へ寄りかかった。

これで姿勢は安定したが、愛理だって動きやすくなる。彼女は間髪入れず、手の筒を駆け上らせてきた。

竿の根元がいっぺんに緩み、精液を制する力まで弱まった。しかもリング状になった指の端が、カリ首を下から直撃だ。亀頭のすっぽ抜けそうな悦楽に、透真は目の前で白い星が散る。

そのまま手コキが始ま――るのかと思いきや、どういうわけか、愛理は手も舌も唐突に止めた。

「ど、どうしたんだ……愛理……!?」

透真は急かすような調子で呼んでしまった。

すると、愛理が山道を見ながら耳打ちしてくる。

「見て、あっち……。次の人たちに追いつかれちゃったみたい……」

それで透真も頭を巡らせた。

――確かに懐中電灯の光が、遠くから近づいている。

どうやら思った以上に、時間が過ぎていたらしい。

「あれは……んっ、ダイゴとクミ、だな……っ」

照らし出された顔を盗み見て、透真は喘ぎ混じりに呟(つぶや)いた。

友人たちの足取りは慣れたもので、肝試しというより散歩中のよう。呑気におしゃべりまでしている。

「……トーマ君って、本当は愛理さんとどこで知り合ったんだろうね。愛理さん、素敵だなぁ。憧れちゃうなぁ」

「お前、さっきからそればっかりだぞ……」

聞いている透真は、気が気でなかった。我慢汁まみれの勃起ペニスを愛理にしごかせている姿なんて、どう頑張っても言い訳不可能だろう。

見つかったら、おしまいだ。

おしまい——おしまい、おしまい、おしまい。緊張感が際限なく膨らんでいく。

友人二人も、透真たちの潜む木陰に接近して——、

「よーし、打ち上げのときはいっぱい話を聞かなくちゃ！」

そのまま、何事もなく通り過ぎていった。

明かりが曲がり道の先へ消えるのを見届けて、透真は肺に溜めていた息を吐く。

とはいえ、まだ心臓が喉から飛び出そう。その脈動に影響を受けてか、身体中のムズつきまで増してきた。

まるで露出狂に目覚めかけたみたいな状況だったが、不思議と自己嫌悪は覚えない。むしろ、短時間とはいえ愉悦が薄れた乳首と怒張を、なんでもいいから慰めてほしい。

「愛理っ……くっ！」

「あ、あははっ……ドキドキしちゃったね……っ」

催促された愛理の呼吸も、まるで走ったあとのように乱れていた。きっと透真同様、歪んだスリルで変なスイッチが入ったのだ。

続く愛撫はそれを裏付けるはしたなさで、昇った右手はカリ首にぶつかっても止まらない。捲（めく）るように段差を乗り越えたうえ、亀頭の弾力を愉しむように、五指もふしだらにうねらせる。

さらに追加の快楽を官能神経へ練り込んだあとは、昇って降りてを連発しだした。しごく角度も片道ごとに変えるため、カリ首はいっそう引っ張られ、捩（ねじ）れんばかりに感じてしまう。

一方、乳首で始まったのは、フェラチオ中に覚えたバキュームだった。性感帯と化した突起へ唇を押しつけて、キスマークが出来そうなほど強く吸う。舌のぶつけ方も、往復ビンタさながらだ。

「あ、愛理っ……！　俺っ、イクっ、これっ……もうっ、イクぅうっ……！」

透真は友人たちの耳を意識しつつ、唸らずにはいられない。

愛理もいっさい遠慮しないまま、手を走らせ、唇を突き出し、舌で乳首を打ちまくった。後ろへ突き出す腰まで、淫靡なダンスのようにくねらせだす。

「今日は外にいるんだもんっ……！　このままっ、飛ばして……！」

そう急かすときだけは舌を引っ込めたものの、すぐまたむしゃぶりついてくる。

「んぅうぶっ！　ひうっ、れろっ、ぅえぇおっ！　とっ、まっ、くぅうんっ！」

「あ、ぅ、ぅ、ぅううっ！」

　透真の愉悦も頂点に達した。

　精液の群れは体内で濁流と化し、尿道粘膜を押しのける。勢いたっぷり鈴口から飛び上がったら、遠くの草むらにベチャベチャッと落っこちた。

　栗の花と似た子種の臭気は、屋外であっても簡単には散らない。しかも、透真がわななくうちに連続で迸り、顔を上げた愛理もうっとり喉を鳴らした。

「んっ……はぁぁふ……っ、おち×ちんっ、元気だぁ……。匂いも……あぁん、濃いよぉ……っ」

　聞かされる透真は恥ずかしく、そのくせ多幸感が止め処ない。

　射精が終わっても、マニアックな夢見心地はまだ続いた。枝の間から夜空を見上げれば、意識がどこまでも昇ってしまいそうだ。

「透真君……クミさんたちに追い越されちゃったけど……どうしよっか？」

「……俺か愛理が気分悪くなって、道から外れたところで休憩してたとか言えば、なんとかなるんじゃないか？」

　ふやけた頭で都合のいい推測をすると、愛理も賛成だったらしい。

「だったらわたし……もうちょっと『休憩』したいな。身体のここが、透真君を欲しがっちゃってるよ……」

透真がのろのろと目を下ろせば、彼女の左手は子宮の高さに添えられていた。

これは絶対、休憩になんてならないだろう——。

——さて。

本番セックスまでもつれ込むとして、下着に精液が染み込んだら、あとで友人たちが匂いで気付きかねない。ならば、どうするか。

そんな稚拙(ちせつ)な相談をした結果、愛理はショーツだけを脱ぎ、その布切れをショルダーバッグと揃えて近くの枝へ引っかけた。

次いで、立ったまま木にしがみつき、腰から下を後ろへ突き出す。これで立ちバックの体勢が出来上がりだ。

「……けど、愛理の肩が幹で擦れちまいそうだな」

透真はそこが心配だったが、愛理は緩く笑う。

「大丈夫だよ……。そんなの気にならないぐらい、感じちゃうと思うからっ」

「そうか？　だったら……っ」

少年も腹を括(くく)り、もう一度、恋人の背中から尻にかけてを見下ろした。今から秘所をペニスで貫くとなれば、顔が見えないこの体位も、背徳感がたっぷりだ。

透真はワンピースの裾を摘まみ、腰の裏まで一息にたくし上げた。

「んんっ……！」

いかに乗り気の愛理でも、下半身が丸出しになれば身じろぎをする。

二つ並ぶ彼女の尻肉は、夜闇の中だと生気の通う白さが目立った。しかし実際は、興奮で朱に染まっていることだろう。下に伸びる細い美脚も、内股気味で小さく震え、しなやかさと危うさの両方が混じり合っていた。

それに解放されたのは、目に見える艶めかしさだけではない。生地の内に溜まっていた甘酸っぱい匂いまでが、一度に拡散して透真の鼻をくすぐってくる。

これだけ濃い以上、きっと美尻の陰で秘所は濡れそぼっているはずだ。

少年が試しに右手を腿の間へ忍ばせてみれば、やはり太く糸を引きそうなほど、蜜が分泌されていた。

「んつっ……と、とぅま……君っ……！」

触れられた愛理の声にも、恥じらいと情欲が滲む。

透真は己のやる気をかき集め、極太ペニスに右手を移した。左手は愛理の腰に添えて、秘所が揺れるのを防ぐ。

そこから亀頭を進ませて、ここだと見当をつけた箇所へあてがうと、淫熱混じりの弾力にグニッと受け止められた。

「ふ、ぐっ！」

この感触なら覚えがある。小陰唇の奥に潜む、ピンクの媚肉の一部だ。

牡粘膜は火傷しそうに痺れたものの、あと少し動くだけで膣口を見つけ出せる以上、足踏みなどしていられない。

折れそうな脚を突っ張らせて腰を遣えば、狙ったとおり、剛直の端が深みのある穴へ引っかかった。

「んくっ、愛理……ぃっ！」

「あ、はぁうっ！　と、透真くぅんっ！」

愛理も背筋をわななかせている。

その声に励まされて、力をさらに腿へかけた。途端に亀頭のみならず、カリ首まで蜜壺内にめり込んだ。

とはいえ秘洞は窮屈だ。意気込んだだけに摩擦も強まって、のっけから牡粘膜が溶けてしまいそう。

「く、おっ……！　わ、悪いっ！　痛くなかったか!?」

愛理だってまだ二度目で、性急な挿入は無理かもしれない。

透真は動きを止めて問いかけたが、愛理は首を後ろへ捻じ曲げ、ぎくしゃく微笑んだ。

「わたしは平気っ……ううんっ！　続けてもらえない方が辛いから……っ！　このまっ奥まで来ちゃってぇっ！」

「う、あっ、わかった……！」

恋人の口調に嘘はない。

透真だって、エラが入ったところでストップしたから、股間部で快感ともどかしさが入り乱れている。了解をもらえた以上、自制なんて無理だ。

彼が残りの道を踏み荒らしにかかれば、先頭に立つ鈴口も、肉壁を拡張するカリ首も、牝襞にねぶり返されて激しく疼いた。

やっぱり生の快感は、記憶を優に超える。少年はみっともない呻きを漏らし、自分が攻め込んでいるのか、責め立てられているのかさえ見失いかけた。

ただし望んだとおり、愛理にも絶大な愉悦を流し込める。

ワンピース姿の美少女は、恋人へ抱きつけない代わりに、正面の木へめいっぱい縋り付いていた。

「とぅま君っ……！　こ、この感じっ、ずぅっと……っ、待ってたのぉおっ！」

「愛理……っ！」

　唸る少年が奥まで到達すれば、とどめに鈴口と子宮口が衝突だ。

　ここでも肉悦に意識がついていかず、愛理と二人で身を竦ませてしまった。

　しかし初体験であれほど痛がり、今回も秘洞の小ささは変わっていない恋人が、もう感じはじめているのだ。乳首といっしょに、自分で開発したとしか思えない。

「うあ、あっ、愛理っ……！　下の方も……自分で触ってたんじゃないか……っ!?」

　淫熱に浮かされ、透真は質問をそのまま吐き出してしまう。

　もっとも、愛理にはぜんぜん通じなかった。彼女は首を後ろへ傾けたまま、切れ切れに聞き返してくる。

「し、下……って……ぇ……!?」

「ええっと……そう、おマ×コ！　おマ×コだよ！」

「おマッ……え……ぇえっ？」

　知識が偏っている美少女にとって、淫語なんて未知のものらしい。

　透真も、おマ×コなんて言葉を生まれて初めて口にしたし、空振りで顔がますます熱くなった。

「俺と繋がってる場所のことっ。そのっ……女性器だよっ！」

これでやっと、愛理も頷いてくれる。

「うんっ……わたし、触ってみたよっ……そのっ、お、おマ×コに……っ、指で……！　だけどねっ、透真君におち×ちんでしてもらう方が、ずっと気持ちいいのぉっ！」

「……っ！」

透真はとっさに怒張を弾ませ、切っ先を肉襞へ深くめり込ませてしまった。

「お、ぅうっ!?」

牡粘膜を襲う鋭い痺れで、神経までも突っ張るようだ。そこへ呻きに変わった愛理の声が届く。

「あ、ぁあんぅうっ！　今っ、おち×ちんがグリッてっ、き……たぁ……っ！」

「愛理っ……！」

「どぉしよっ……声、出ちゃうっ！　ごめんねっ……！　奈央さんたちが来て、遠くに行くまでっ……んっ、動くの待っててぇえっ！」

「じゃあっ、こういうのはどうだっ!?」

セックスを我慢していた一月のうちに、透真だって男根の使い方をいろいろ妄想していた。その一つを実践するつもりで、腰を上下左右にグラインドさせてみる。

膣内へずっぽり刺さった肉幹を使い、時計回りに円を描けば、愛理も性感を噛みしめるように答えてくれた。

「んぁああう……っ、こ、これなら……声、抑えられる……かも……っ」

だったら、このまま継続だ。透真はさらに下半身で〝の〟の字を描いた。

官能の疼きは、肉竿を傾けた方で特に強まり、それがズリズリ場所を変えていく。ピストンよりも襞の蠢(うごめ)きを念入りに味わえるし、未だ解れていない秘洞を開拓していく気分になれた。

ただ、透真も不慣れだから、ともすれば思った以上に粘膜を擦るときがある。最深部にいながら、さらに進もうとして、鈴口の潰れるような痺れに見舞われもした。

「く、おっ……俺ぇっ、ち×ちんがっ、おかしくなりそぉだっ……!?」

彼が自分で動きを把握しきれないぐらいだから、愛理だって何度も不意を突かれる。

「んっ、んっ、ぁあっ……気持ち、いいよぉっ！　わたしの中っ、透真君のおち×ちんで広がっちゃって、んやうぅうっ!?」

呼びかけは何度か高い喘ぎに変わりかけ、そのたびに彼女は慌てて声を飲み下していた。

「う、愛理ぃっ……！」

いっそこのまま、ピストンを始めたい。

ぎゅうぎゅう詰めに思えた膣も、しつこい攪拌でこなれてきて、思うように動けないもどかしさが募る。

暗くて腕時計が見えないから、時間の感覚も失われていた。果たして、奈央たちはどの辺りまで来ているのか——。

とはいえ、粘った甲斐があり、ようやく視界の端に懐中電灯の光が見える。

「愛理っ……ナオたちがっ……来たみたいだっ」

のしかかりながら愛理に教え、腰の動きをストップさせた。

だが、このときに備えて抽送を自重してきたはずなのに、友人の目を意識するや、むしろ歯がゆさが跳ね上がる。

動きたい。今すぐにでも動きたい！

それは愛理も同じらしく、熱病へ掛かったように背中がくねっていた。呼吸が不規則に弾むのも、腰を往復させだす兆しのようだ。

ついには思い余った小声で、透真へ頼んでくる。

「く、口を……わたしの口っ、ふさいで……っ、でないとっ、急に変な声が……出ちゃいそ……だから……ぁっ……」

「っ……こうかっ!?」

透真は身体を前へ倒し、左手を愛理の唇へかぶせた。呼吸できるように鼻は空けておくが、力はそれなりに入れる。

「んっ……ぅっ」

愛理が微かに頷くそぶりを見せた。

もっとも、膣襞はますます淫らに波打って、透真は男根を痺れで埋め尽くされる。密着した背中からも、心臓の忙しないリズムが伝わってきており、このままだと最悪のタイミングで、腰を遣いかねない。

その間にも、懐中電灯が距離を詰めてきた。

「ねえ、ナオちゃんいいの？　トーマ君のこと、ずっと好きだったんじゃない？」

「はぁっ？　ツムギってば、なーにバカなこと言ってるんだか。あたしの好みはね、あんなガキっぽいのじゃなく、背が高くて、頼もしくて、精神的な余裕のある大人なの！」

奈央たちは二人の息遣いを聞きつけることなく、前の道を通り過ぎていく。光はどんどん遠ざかって、ダイゴたちのときと同じく、視界から消えた。

「う、動くぞっ、愛理っ！」

口を塞いだままで透真が告げれば、愛理も秘洞を収縮させて、粘膜同士を睦み合わせる。

「ひぅううっ!?」

「くううっ！」

ペニスの付け根で子種がざわめいて、透真はもう返事を待っていられなかった。

そこからは、入ったとき以上の力強さで、肉の杭を抜きにかかる。次の瞬間、襞がカリ首へ引っかかり、燃えるように牡粘膜を疼かせだした。

しかもエラを取り逃がした襞は、続けて亀頭をねっとり磨く。出口側の襞だって、竿を捏ねながら、牡粘膜が来るのを待っている。

「お、ぅ、おぅうっ!?」

透真は過分な熱と快楽を注ぎ込まれながら、真っすぐ膣口まで戻った。

ここでひとまず呼吸を整える手もあったが、空気と愛液だけしか絡まない竿がひどく切ない。

だから、すぐに進行方向を逆転させて、愉悦の渦巻く膣内へまた突っ込んだ。

無数の襞を押しのけ、最深部へ猛進すれば、官能神経が焼け焦げそう。

しかも上半身を前へ倒しているために、子宮口を抉る力まで一回目より強い。勢い余った下腹は、スパンキングさながら尻へぶつかって、綺麗だった恋人の丸みをグニッと歪ませた。

「ん、くううっ!?」

鈴口が潰れた透真は、頭までぶっ叩かれた気分だ。

とはいえ、張りのある美尻で受け止められる感触に、征服欲もそそられる。対する愛理は、尿意が決壊したかの如く、不格好に腿を寄せていた。陰唇が浮き沈みするほど脚全体を痙攣させて、ペニスの支えを抜かれたら、ガクッとへたり込んでしまいそう。

「くっ、ひゅぅううっ!?」

漏れる声も狂おしく、透真は彼女の口を封じながら、無理やり犯している錯覚に陥りかけた。

「こんなふうにっ、続けていいかっ!?」

ケダモノめいた語調で問えば、愛理は切羽詰まった呻きを漏らしながらも、確かに頷いてくれる。

「ひうっ、ふンっ！」

その健気な態度に、透真は続けざまのピストンを肉壺内へ押し込みはじめた。

突貫の際には、膣口から子宮口まで猛スピードで駆け抜ける。

抜くときだって、どれだけ膣肉とカリ首がぶつかろうと、決して勢いを落とさない。

「愛理っ、好きだっ、愛理っ！」

脚のバネどころか、腰や背中の瞬発力まで使う全身運動じみた責め方に、木と少年へ挟まれた愛理も、やられるがまま身悶(もだ)える。

少年の手のひらを濡らすのは、二人分の汗に加え、愛理がこぼす粘っこい唾液だ。

「んぐっ、くううんっ！　ひぐっ、んふぅううっ！」

とはいえ、口を塞ぎっぱなしだと苦しいかもしれない。

興奮の中に気遣いが混じり、透真は律動を続けながら、左手による戒めを緩めてみた。

途端に、愛理の嬌声(きょうせい)が跳ね上がる。

「ひぅうあんっ！　はひっ、ぅあひぃいんっ！　透真くうんっ……わたしの口っ、押さえてぇえっ……！　でないとっ、遠くまで聞こえる声っ、で、出ちゃうからぁあああんっ……っ！」

「くっ、わかったよ！」

透真も急いで手のひらを乗せ直した。

「なっ、苦しくないんだよなっ!?」

「んっ、うんっ！　くひゅぅうんっ！」

問いかけに二度首肯されたので、少年は律動へ意識を戻す。

いかに声を封じようとも、腰遣いが逞しいままだと、愛液の音の方は消しようがなかった。

本気汁はジュポッジュポッと盛大に鳴り、外へたっぷりかき出されている。ひょっとしたら、自分たちの足元には、大きな水たまりまでできているかもしれない。

そこには我慢汁だってブレンドされているはずで——のみならず、射精の気配までせり上がってきた。

「く……うっ！」

透真はとっさに抽送を中断し、〝の〟の字を描く動きを復活させる。

手コキのときには早く切り上げようと考えていた彼だが、ピストンへ入るまでに、自制の時間が長すぎた。

もうイクだけでは満足できず、とことん蜜壺を味わいたい。愛理にもいっぱいよがってほしい。

だから五秒、十秒と、性器同士を緩慢に擦り合わせ、燃えるようだった怒張を落ち着かせた。

それから今度こそフィニッシュへ向かうため、荒っぽい動きへ立ち返る。

二度目の円運動で蓄えた活力を使い、愛しい相手を突きまくれば、悦楽の強まり方だって爆発的だ。進んでも引いても、視界がブレてしまう。

愛理の方も悲痛なまでによがっており、それでいて尻は後ろへ突き出し、自分で不器用にくねらせていた。ついには弾みで、透真の手と口を離してしまう。

途端に、大音響の声がまろび出た。

「んくひぃいいっ！　ひおっ、ひぉおほぉおおっ！　んやぁはあぁあっ!?」

奈央たちだってもう遠くへ行ったはずだから、透真も邪魔しようと思えない。むしろさらなるよがり声を引き出すために、膣奥をほじる動きへ熱を入れた。

股間で肉悦を貪りながら、身体の前面で女体のわななきを受け止める。

牝汁の粘着質な水音と、下半身同士がパンパンぶつかる鈍い音は、よがり声の伴奏だ。

愛理も今までの分を取り戻すように、恥も外聞もなく喚き散らした。

「は、ぅうう！　透真くぅんっ……わたひっ、わたしぃっ、変だよぉお！　あっ、んやぁあっ！　身体が熱くてぇっ、おち×ちん来るたびっ、破裂しそぉっ……なるのぉおおっ！　あっあっあっ、来るっ、来るううっ！　すごいの来ちゃうぅううっ！」

「愛理っ……来るって、え、ぇっ!?」

聞き返しかけた透真は、ハッと閃く。

愛理はきっと、オルガスムスへ至りかけているのだ。

ただ、女体の絶頂を理解できないせいで、錯乱気味に頭を振りたくっている。跳ねた黒髪も宙を掻いて、透真の鼻に何度もぶつかった。

「んぷっ!?」

顔面を撫でられた透真は、アクメ間近だと彼女へわからせたい。

「愛理はっ！　きっとイキそうなんだよっ！」

「嘘っ、嘘ぉおっ！　そんなぁあっ！　わ、わたしっ、おち×ちんついてないのにぃいいっ！」

変な知識のせいで、射精のみを絶頂と勘違いしている。何しろ、「おマ×コ」すら知らなかった彼女だ。

そこで透真はまた吠えた。

「女子だってっ、イクんだよっ！　絶頂とかっ、何とかっ、そういうヤツっ！」

だが、喚くほどに焦れったくなる。彼だって、女子の昇天がどんなものか、ろくに知らないのだ。

「と、とにかくっ！　男子が気持ちよくて精液出すみたいにっ、女子も気持ちよければイクんだって！　俺っ、聞いたことがある！」

やけくそで言い放ったときにはもう、子種が抑えられなくなっていた。

何しろ、恋人が自分とのセックスでオルガスムスを迎えそうだ。これで滾らないわけがなく、怒鳴るうちに腹筋が締まる。

もはや、自分が先に果てかねないが、どれだけ追い詰められても、彼の律動は獰猛だった。

ヴァギナをめいっぱいほじくって、奥まで入ったところで肉竿を横へも振りたくる。熱い濡れ襞を存分に押しのけたら、腰をグッと引く——のではなく、短いストロークに切り替えて、終点の肉壁を乱打した。

立てつづけに鈴口がたわむから、過ぎた愉悦でエラも裏筋も壊れそうだ。

「愛理っ、俺もイクっ！　愛理の中で今日も出すからっ！　出るっ！　出っ、出るぅ、うっ！」

一方、愛理も身体の芯へ絡みつく絶頂感を外へぶちまけたがるように、尻の振れ幅を大きくした。

「うんっ！　イひっ、イッ、イッてぇえっ！　透真くぅうんっ！　わたしもイクッ！　透真君のおち×ちんでっ、絶対イクからぁあっ！」

訳がわからないまま、口約束だ。

その恥知らずな動作にシェイクされ、ついに肉棒の内で、ザーメンが歯止めを粉砕した。

「お、く、おぉおおっ！」

盛りきったうえでの射精だけに、尿道を蹂躙される感覚も凄まじい。透真はスペルマを直接流し込むため、子宮口をグリグリ、グイグイ圧迫した。

その悪あがきが、愛理の中にあるオルガスムスの扉まで、土壇場でこじ開ける。

彼女は遠吠えするように喉を反らし、山向こうまで聞こえかねないほどの、あられもない悲鳴を吐き散らした。

「んきっ、ひおっ、ぃひぉぉおおおほぉおおっ！　ひぐっ、ヒぐぅうっ、ひぃふぅううあぁあああああっ！　んやぁぁあはぁぁあぁあああっ!?」

達した肉壺もキュウキュウ狭まって、搾乳ならぬ搾精だ。

おかげで透真は、最高潮に達したはずの快楽が、さらに凶悪なものとなった。直後、射精が始まって、法悦は脳天を貫く。

「く、ぅっ……ぅううっ!?」

爆ぜそうな意識を繋ぎ止めるため、透真は恋人を抱きしめた。もっとも、腕の中の華奢で柔らかい感触に、肉欲は上昇しつづける。

「ん、ぅあぁあぁああっ……透真、くぅうんぅぅ……っ!」

愛理も生まれて初めてのアクメに呆然自失だが、そのくせ、子種を飲み干したがるように、下半身をビクッビクッと弾ませていた。

——結局。

二人が力を抜いて身体を離すまでには、数分もの時間がかかった。

そしてペニスを抜かれた愛理は、透真が想像したとおり、濡れた地面にガクリと膝を落としてしまった。

「はぁっ、はぁっ、はぁっ……はひっ、ぃっ、ひっ……はぁあっ……」

両手のひらを木の幹に添えたまま、項垂(うなだ)れて肩で息する恋人の痴態に、透真もかける言葉が思いつかない。

ただ、彼のペニスは——今もまだ大きいままだった。

事後、一息ついた透真と愛理は、人前へ出られる状態にまで身だしなみを整えた。

無茶な律動のせいで疲れは大きかったが、とにかく山道を急ぐ。

麓(ふもと)へ到着すると、すでに奈央たちが待っていた。

というより、先にいるはずの透真たちが見つからなかったため、ひどく心配していた。

「今から、あんたたちを探しに引き返すところだったんだからね!?」

などと奈央に叱られて、透真も愛理も反省しきりだ。正直、ここまで気を揉ませてしまうとは思っていなかった。

とはいえ、本当のことを明かすわけにはいかない。用意しておいた言い訳――気分が悪くなった愛理を木陰で介抱していた――を二人で並べ立てると、ツムギだけは訝(いぶか)しんだものの、最終的に全員が信じてくれた。

あとは、ファミレスに移って打ち上げだった。

このおしゃべりタイムも盛り上がり、七人でまた集まろうと約束したうえで、肝試しはお開きとなった。

「今日も楽しかったよ、透真君。誘ってくれて、ありがとうねっ」

「どういたしましてだよ。途中でハメを外しすぎたけどな」

大勢で騒いだ高揚感を引きずる愛理に、透真は破顔した。

この際だから、性行為中に気になったことも尋ねてみる。

「……愛理ってさ、俺とアレするときの知識が偏ってるよな？　口でするのとかは知ってたくせに、他のことは……だったりするしさ」

いざ言葉にしてみると恥ずかしく、愛理もごまかすような照れ笑いだ。

「あはは、やっぱりそう思う？　あれは本で読んで覚えたことと、そうじゃないことの違いっていうか」

「……いったい何を参考にしてるんだ？」

「んー、透真君は知ってるかなぁ。男の子同士が恋するＢＬってお話なんだけど……。その小説の中に、口でしたり、イッたりする場面があったんだよ。でも、女子については、ぜんぜん書いてないから……」

「なるほどなぁ」

どうりで男が好む「おマ×コ」なんて言い回しに関しても、まったくの無知だったはずだ。

こういう表に出しづらいあれこれは、付き合ってみなければ見えてこないものなのだろう。

さっき愛理がした発言――「時間を積み重ねたい」ということの意味が、少しだけ理解できた。

「俺さ、愛理のことをもっと教えてほしい。俺自身、いいところだけ見せようとしてたけど……そういう背伸びは止めるよ」

「うん、わたしも。透真君にいろいろ知ってほしいし、透真君を知りたいなっ。あ……でも、身元はもうちょっとしてから話すってことで……あの、ごめんね……？」

しりすぼみとなる愛理の謝罪に、透真は笑顔を返した。

「いいって、俺は急かさない」

気にならないと言えば嘘になるが、前みたいな焦りは感じない。きっと、今日までの出来事で、絆が深まったからだ。

そこでまた、近々行われるイベントを思い出す。

「愛理、八月最後の土曜日は、いっしょに花火を見ないか？」

「えっ？　あ、そっか。もうそんな時期なんだね」

甘本市では、毎年この時期に花火大会が開かれる。愛理もそれを知っていたらしく、満面の笑みとなった。

「うん、じゃあそのときも学校で会おうね。きっと屋上なら、最高の眺めだよ。約束っ、透真君っ！」

彼女が右手の小指を差し出してきたので、透真も小指を絡め返す。

綺麗なのは、きっと花火だけではない。

閃光（せんこう）に照らされた愛理だって——ふだん以上に美しいはずだ。

第三章　奇跡的な邂逅

——透真が走馬灯じみた回想から現実へ返るまで、実際はアパートのドアを開けられてから、五秒と経っていなかった。

とはいえまだ、目をしばたたかせて、愛理そっくりの少女を見直すのがやっとだ。

呆然と立つ彼に、相手は小首を傾げた。

「驚かせすぎちゃったかなぁ？　急に来ちゃってごめんね？」

無邪気かつ上品な声まで、当時の愛理と変わらない。それを何回も聞かされて、ようやく透真も質問を絞り出せた。

「誰なんだよ、お前……いや君は……」

「だーかーらー、わたしは愛理だよ」

「俺が愛理と会ったのはもう何年も前なんだぞっ。姿が変わらなすぎるだろっ……」

そこまで言って、やっと一つの可能性に至った。

「わかったぞ。君はあいつの身内なんだな？　それで見た目が近いんだ」

愛理の写真が手元にない以上、よく似た少女が仕草や口調を真似れば、即座に細部の違いまで指摘できない。ずば抜けた美貌だって、血の繋がりがあるとすれば説明しやすい。

これこそ正解だと思えた。

しかし少女はまったく怯まず、つま先立ちで距離を詰めてくる。

「よーく見てね。これが他の誰かの顔だと思う？　幽霊のわたしは、歳を取らないんだよ」

こんなふざけた主張、突っぱねるべきだ。なのに、何かを言われるほど、眼前の顔が、思い出の愛理のイメージへ近づいてしまう。

「……い、いいやっ、信じられるかっ。君は愛理に昔の話を聞かされただけだ。そこから俺をからかおうと考え付いて……」

「違うよ。だいたい幽霊でないなら、透真君がこの部屋で暮らしてるって、どうしてわかったの？」

「それはっ……たまたま俺が帰ってくるのを見かけて……」

「話に聞いていただけじゃ、透真君がどんな顔かわからないよ？　二人で写真とか、撮ってないもんね？」

「くっ……」

他にありえるとすれば、この悪ふざけに愛理が協力している、だ。しかし、そんなことまで考えたくない。

透真が懸命に頭を働かせていると、少女は一歩下がって、ワイシャツの袖を摘まんできた。

「どうしても信用できないなら、今から思い出を振り返りに行こうよ。他の人へは言えない秘密まで、わたしがいっぱい知っていれば、君もわかってくれるよね？」

そこで笑みを、はにかむものへ変える。

「わたしの距離感、やっぱり変かなっ？」

「っ……！」

この表情も愛理と瓜二つに思えた。しかも、いつか聞いたようなセリフまで口にする。

「わたしはね、今も素敵な青春に憧れつづけてるんだよ？」

彼女が愛理本人で、よりを戻しに訪ねてきたなんて夢物語、あるわけがない。

それでも、透真は誘いを拒めなかった。

辛うじて靴を履く前に、四月頭の夜気の冷たさへ思い至る。

「ちょっとだけ待ってくれ」

と、部屋の奥へ引っ込み、脱いで間もないスーツの上着と、私服用のジャケットを手に取った。それから少女の前へ戻り、ジャケットを差し出す。

「その格好じゃ寒いだろ。これを使うといい」

「ふふっ、透真君は今も紳士だね」

青年の上着を手にして、少女は嬉しそうに微笑んだ。

*

——あの花火大会の夜。

透真は一人で愛理を待っていた。

だが、会おうと決めた時刻を過ぎ、花火が上がりだしても、なぜか愛理は現れなかった。

(……事情があるんだ。でなきゃ、あいつが約束を破るはずない！)

自分へ言い聞かせながら拳を握り、透真は暗い空を見据えつづけた。

色とりどりの閃光は次々と咲いて散り、つど、数秒遅れで破裂音が腹に響いた。

やがて花火が終わって静寂が訪れても、隣に愛理の姿はなく——。

日が変わったあともまだ、少年は自称幽霊の恋人を信じて、校門前に立ちつづけた。

＊

いざ謎の少女と並んで夜道を歩いてみると、周囲には人の姿がまったくなかった。

そして分かれ道へ差し掛かるたび、「こっちだよ」「次は向こうね」と指示を出される。そのルートは店舗が並ぶ大通りから外れ、ますます静かな方へ向かっていた。

会話らしい会話も、ほとんど交わされない。

いちおう、少女からは透真の近況に対する質問や、この街の出来事など、いろいろな話を振ってくる。

しかし、透真の方が単調な相槌を返すだけだった。

すでに衝撃も薄れ、この少女が悪意の持ち主とは思えなくなっている。とはいえ、気を許すには早すぎた。

（……大体、俺といっしょで怖くないのか？）

透真だって成人男性だ。力比べとなれば、ほっそりした少女に勝ち目など無い。

となると彼女の口数が多いのも、不安の裏返しかもしれない。

まあ、愛理だっておしゃべり好きで、テンションが上がれば、矢継ぎ早に多くのことを口にしたが――。

（……こいつが愛理のはずはないけどなっ）

浮かびかけた埒もない考えを、透真は頭から追い払う。

やがて、どこへ向かっているのか、彼にも見当がついてきた。

このまま一キロほど進めば、前に愛理を肝試しへ誘った場所――甘本第一中学校の裏にある小さな山へ着くはずだ。

＊

花火大会のあとも、少年だった透真は金曜日を迎えるたび、親の目を盗んで夜の学校へ行った。

しかし愛理は姿を見せず、三週目、門の端へ差出人不明の手紙だけが挟み込まれていた。

愛らしいパステルカラーの封筒を開ければ、中にあったのは幼い字体の簡素なメッセージだ。

「ごめんなさい。もう会えなくなりました。

とうま君、どうかしあわせになってください」

その場だと、透真は一滴の涙もこぼさなかった。

我慢したわけではない。ひどい喪失感で何も考えられなかっただけだ。

彼が声を殺して泣きはじめたのは、家へ帰って自室で手紙を読み返してからだった。

＊

裏山の入り口に立つなんて、ずいぶん久しぶりだ。

辺りを見回しても、目につく変化はほとんどなく——要するに子供や老人でも歩きやすい一方、夜だと茂った木々が不気味なままだ。

肝試しのとき、共にいるのは中学以来の友人たちか、愛理だった。

しかし今は、正体不明の少女が口元に笑みを作って、山を見上げている。

「ここも懐かしいよねぇ。奈央さんたち、元気かな」

「……ああ、元気だよ。甘本へ戻った俺のために、みんなで歓迎会をやってくれた」

透真が相槌以外のセリフを吐いたのは、失恋の記憶だけでなく、やかましかった中学時代まで思い出したからだ。

居酒屋で奈央たちと集まったのは先週のこと。みんな、透真が愛理と会えなくなったと知っているから、ちゃんと吹っ切れているか、口々に心配されてしまった。

返事を聞いた少女は、寂しそうな微苦笑だ。

「そうなんだ……。わたしより先に、奈央さんと会っちゃったかぁ」

「しょ、しょうがないだろっ。お前の連っ……いや、愛理の連絡先を知らないんだからっ」

次の瞬間、少女が優しく目を細める。

「ごめんね。今のは冗談。わたし安心したよ。奈央さんとの間に割り込んで、二人の関係を壊しちゃったかもって、あのあとも心配だったから」

「そんなことまで知ってるのか」

透真は驚くより呆れかけ――少女の手が微かに震えていると気づいた。

「寒いのか？　だったら引き返そう。山の中はもっと冷える。風邪を引くぞ」

しかし、少女は首を横へ振る。

「大丈夫。元々、登るつもりまでは無かったから」

「そうなのか？」

「ん……ここで昔のことをお話しできれば十分。あのとき、透真君から教えてもらったんだよね？　おマ×コなんてイヤらしい言葉とか、女の子だって気持ちよくなるとイケるんだ、とか」

「え、そ、それは……っ」

透真はとっさに言い返せなかった。あの夜の秘め事を忘れられる訳がない。

狼狽える青年を見て、少女も悪戯っぽく微笑んだ。

「なんてね、わたしが幽霊だって信じてくれた？」

彼女に促されたおかげで、透真はかえって現実へ踏み留まれる。

「……教師がそんなもの信じてたら、生徒の指導なんてできねぇよ」

「じゃあ、なんでわたしが、透真君との思い出をこんなに知ってるの？」

「さっきも言っただろ。愛理から教えられたんだ」

「エッチな秘密まで？」

「…………」

そこが反論のネックとなってしまう。いくら愛理が人を信じやすく、この少女が身内だろうと、あの晩の出来事をホイホイ語るとは思えない。

しかし、少女も深くは追及せず、元来た道を引き返しだした。

「次は安城学園だよ。懐かしい場所がたくさんあるもんね？」

「……あっちにも行くのか」

仕事中ならともかく、夜にこの少女と校門を見たら、複雑な気分になりそうだ。

透真が逡巡していると、少女は振り返り、真剣な声で頼んできた。

「お願い……着いてきて、透真君」

「俺は……」

少女の頼みに強制力がない以上、一言断るだけで、この訳のわからない状況から抜け出せる。

しかし、愛理の顔で頼まれたら、突っぱねるのは難しかった。

それにもしかしたら、愛理の近況がわかるかもしれない。

「……こうなったら、最後まで付き合ってやるよ」

迷いながらも頷くと、少女は安堵したように口元を綻(ほころ)ばせた。

「ふふっ、よかったっ」

その表情は、愛理そのもののような、別人のような――判断に迷う微妙なところだった。

「……っ……」

少女といっしょに校門前へ立つや、透真は愛理がいなくなったあとの日々まで、ありありと思い出してしまった。

差出人名のない手紙を受け取った次の金曜も、彼は諦めずに家を抜け出そうとしたのだ。

しかし、とうとう両親に見つかって、夜間の外出を禁じられてしまった。

その一カ月後に父の転勤が決まり、あとは就職するまで、甘本市の地を踏むことは一度もなかった。

（あんなきつい別れ、他に無かったよな……）

対面で別れを告げられたなら、まだ諦めがついたかもしれない。しかし、手紙一通だけでは、辛さと不可解さだけが残ってしまう。

今更ながらに胸を締められ、花火大会の晩に何があったのか、傍（かたわ）らの少女を問い詰めたくなった。

（って……違うだろ。この子は愛理じゃないっ）

時間の経過とともに、いよいよ少女と愛理が重なりだしているみたいだ。が、透真はどうにか衝動をねじ伏せた。

「で、どうするんだ？」

「今度は中まで入ろっか」

少女は言って、ショルダーバッグから飾り気のない鍵束を取り出す。

そこには「非常時以外持ち出し厳禁」と書かれたタグもあり――そんなところにまで、透真は懐かしさを感じてしまった。


鍵を開けて校舎へ入ったら、少女はすぐセキュリティを解除した。

「さあ、透真君がいた一年三組へ行こうよ」

そう宣言して自分が先に立ち、昔どおりの道順で階段を上がる。

透真もそれを追い――教室へ入ると、少女は小走りに中央まで進んで、四方を見回した。

「ここで君と恋人になったんだよね……透真君は先生になったんだし、わたしよりも先に来てる？」

「用もなく受け持ち以外の教室へは入らねぇって」

「それもそっか」

少女は頷き、窓際まで歩いていった。

ガラス越しに空を見上げ、懐中電灯を消して近くの机へ置く。羽織っていた透真のジャケットも隣に並べた。

そこで大きく深呼吸だ。

「透真君と知り合えた日も、月が素敵だったなぁ……あのときの方が、もっと満月に近かったけど」

「そうだったな」

逆光で立つ少女の後ろ姿が神秘的で、透真もつい頷いてしまう。

さっきは我慢したが、もう無理だ。胸につかえていた言葉を、彼は吐露した。

「なあ……愛理はどうして花火を見に来なかったんだ？　あの日、何があったか教えてくれ。俺は知りたいんだよ。でないと……これからも前に進めない」

少女はしばらく黙っていたが、やがて身体ごと透真へ向き直った。

「ごめんなさい。まだ言えないの」

「愛理っ！」

ついにその名で呼んでしまう。

途端に少女——〝愛理〟は身を竦ませて、泣きそうな目で見つめてきた。

「私、ずっと謝りたかった。約束を破って……ううん、あなたを傷つけて、ごめんなさい。勝手な手紙を残して、ごめんなさい」

少なくとも、その声には真摯さがあって、聞いている透真も葛藤に苛まれた。

許したいという想い。知りたいという願い。二つが胸の中で相争う。

「俺は……」

拳を握る彼の前で、愛理がほろ苦く微笑んだ。

「透真君……一度だけ、私にエッチなこと、してくれる……？　そうすればきっと、あなたの質問に答える決心をつけられるから」

そう言って返事も待たず、ワンピースのウエストを締めていた紐を解きはじめる。

教師なら、絶対に止めるべき場面だった。しかし、透真は黙って見つめることしかできない。

抱けば真相を教えると言われ——否、そんな打算なんて抜きで、どうしようもなく目の前の相手が愛おしい。

少女の手つきも緩慢ながら淀みなく、腰回りを緩めたあとは、純白のワンピースそのものを床へ落としてしまった。

中から出てきたブラジャーは、白く清楚だ。しかし、アクセントのフリルにカップを飾られてもまだ、サイズがだいぶ小さい。隠れているバストも、きっと未成熟なのだろう。

一方、むき出しの腰は細く括れ、よけいな肉がいっさいなかった。お臍の綺麗な凹み方まで精巧な彫刻めいているし、肌の白さと艶やかさは、微かな光を反射せんばかりに月の下で映える。

「……見られながら脱ぐのって……ん……思った以上に恥ずかしい、ね……っ」

愛理が羞恥心を持て余すように呟いた。

それでも透真は目を逸らせない。

彼が学生時代に愛理とセックスしたのは二回だけで、どちらも白ワンピースを着せたままだった。東京へ行ってからも、異性とそういう関係にならなかったし、下着だけの女子を見るなんて、これが生まれて初めてだ。

「……透真君のエッチ……」

愛理は不躾に凝視されつづけながら、手を後ろへ回し、青年の死角でホックを外した。二つのカップを下へずらした。

「あっ……」

透真も初心な声を漏らしてしまう。

愛理の胸は、やっぱり小ぶりで、形も盃を伏せたかのようだ。

しかしそれだけに、若い張りが際立った。先端では真円を描く乳輪と、尖りかけた乳首とが、揃って透けるようなピンク色。

さらにブラジャーを脇へ置いた愛理は、ショーツの方まで下ろしはじめる。

姿勢が前かがみになれば、薄いバストも重力に引っ張られて、先端を少しだけ揺らした。

愛理の右足首から、ショーツが抜かれる。次は左足で、布地は完全に身体から離れた。

「ど、どうかな……私の身体……」

そう聞きながらも、彼女は右手で胸を、左手で股間を隠してしまう。

おかげで透真が秘所を見られたのは、一秒か二秒程度だ。

しかし、割れ目の上に陰毛がほとんど残っていないことは、肌の色とのコントラストでわかった。それに陰唇の形なら、身体で覚えている。縁を押した瞬間の変形ぶり、ペニスを当てたときの広がりようまで、鮮明に思い描ける。

「すごく綺麗だ。目を……奪われるよ……」

「んんっ……」

透真が声を漏らせば、褒められた愛理も微かに身を揺らしたあと、いちだんと目を潤ませた。

彼女はバストと秘所に手を乗せたまま、ゆっくり近づいてくる。透真の前まで来たら、照れたような上目遣いだ。

「愛理っ……」

透真が衝動のままに二の腕を掴むと、すこぶる細い部位なのに、楚々とした柔らかさを感じられた。

愛理も、青年の手の逞しさで身を竦めかけ――だが、自分から固い床へ跪いた。

「ぬ、脱がせるね、透真君……」

そう言って、白魚のような指をスーツのベルトに絡ませて、彼女は透真の下半身まで露出させてしまった。

愛理のヌードを見せられた時点で、すでに青年の男根は肥大化しきっていたのだ。

そこで邪魔な布地がどけば、竿の部分が隆々と天井を仰ぐ。サイズも少年時代より成長しており、巨根と呼ぶにふさわしい。カリ首の深い段差なんて、凶器じみていた。

「ひ……ぅ……ぅうっ」

自分で脱がせたくせに、愛理は牡肉の有様で慄(おのの)いたらしい。

「あー……前よりでかくなってるもんな?」

透真が労(いた)わるように声を掛ければ、ぎこちない笑みを浮かべる。

「う、ううんっ。久しぶりでびっくりしただけ……そうだよね……透真君のって、大きいんだもんねっ……」

そこから震える両手を浮かせ、ペニスを包み込んできた。さっきまで屋外を歩いていたから、肌はひんやり冷たくて、透真もとっさに肩が強張る。

「うっ!」

「あっ……わ、私のやり方、変だった……っ!?」

慌てる愛理へ、彼は早口でフォローだ。

「違うって。俺も握られるのは久々だからっ……」

「そうなんだ。私ね、コツとか忘れているかもしれないから……どう感じてるか、透真君の口からいっぱい聞かせてね?」

そんな短い会話の間にも、少女の肌は牡の火照りに温められた。となれば、張りと柔軟さが際立って、透真の性感へ働き掛ける。

そこから、怒張を手のひらでなぞる愛撫が始まった。

愛理の触れ方はいかにも慎重で、ガラス細工でも扱うみたい。ただし情愛も籠めて、亀頭から竿へ手のひらを滑らせる。陰毛の生え際まで着いたら鈴口まで戻り、また緩やかに下降だ。

弄るタイミングは左右で若干ずれて、右手が下へ着くときは、左手がエラを縁取った。左手が竿を離れるタイミングで、右手は亀頭に差し掛かる。

普通なら、イクまでにずいぶん時間がかかってしまいそうな、おとなしいやり方だった。

しかし透真にとっては久しぶりの奉仕。それに実のところ、新生活へ慣れるのが大変で、自慰すらここ数日はご無沙汰だ。だから微かな接触だけで、汗が薄っすら浮いてくる。

「あ、くっ……愛理……ぃっ……」

「はぁっ、ぁっ、はぁぁ……っ、透真……く、ん……っ」

すでに愛理も息が乱れていた。開いた口から洩れる空気の流れは、ごく弱い力で亀頭へ当たり、官能神経にこそばゆさを追加する。

このまま任せようか、とも透真は考えたが、愛理からは思うところを言ってくれと頼まれている。

「……もう少しだけ、強めにしてくれるか？」

そう声をかけると、愛理は一瞬止まる。

「んっ……こ、こうかな？」

手のひらをしっかり押しつけてきた。たおやかな十指も、獲物へ群がる生き物さながらに肉幹へ巻きつけ、密着の度合いを上げてくれる。

動き方はやっぱり、先端から根元へ降りて戻るだけだが、撫でるというより擦るような力の入れ方になって、透真も股間のみならず、二の腕までゾクゾクと震えた。

「お、うっ……！」

鈴口だって、待っていたように我慢汁を浮かせはじめる。

愛理は手のひらでそれをこそぎ取り、カリ首や竿へまぶした。

「んあっ……おち×ちん……っ、どんどん濡れてきてるっ……こ、こうして近くで見ると、すごくぃやらしい……っ」

口調こそ戸惑い混じりだが、滑りやすくなった肌はどんどんスピードアップしていく。

透真は牡粘膜が痺れ、少女のヌルつき具合に、さらなる劣情を催した。

その興奮が先走りをまた増やす。ついにはクチャクチャ音まで立てだす。愛撫はもう揉み洗いさながらで、水っぽい匂いも二人の鼻孔を満たしたうえに、教室中へ広がった。

「……あっ……あのっ……ここからは私の新しいやり方も、試して、いい……？」

どこか思い詰めた口調で問われて、透真はとっさに頷いてみせる。

「あはっ……よかった」

愛理もホッとしたように喉を鳴らし、その場で立ち上がった。

ペニスはいったん放して、後ろの椅子へ浅く座る。さらに自分の前のスペースをヌラつく手で示す。

「透真、君……ここに……来て？」

「こ、こうか……っ？」

言われるままに透真が立てば、愛理は上向きだった怒張を右手で握り直し、床とほぼ水平に傾けた。

「く、おぉうっ!?」

急なやり方に亀頭も伸び切って、パンク寸前のようになってしまう。

そこへ愛理が上半身を近づけてきて、鈴口に右のバストを押し当てた。

未成熟な膨らみから、透真が真っ先に感じたのは、亀頭を押し返そうとする可憐な張りと弾力だ。とはいえ、実際は牡粘膜相手に競り負けて、丸みがフニュッとたわんでいる。

その柔らかさが、やたらと蠱惑的。小さいくせに、男が甘えたくなる包容力だけでできているとしか思えない。

「ん……とっ……」

透真がさりげなく腰を傾けて調整すれば、竿の根元へ掛かる重みも和らいで、甘い感触だけが強まった。

そこから美乳をまた見下ろせば、圧された部分は凹むだけでなく、我慢汁の粘っこい光沢まで帯びはじめている。

「私っ、このまま、胸を使い……んんっ、使う、から……っ」

男根へ目を落とす愛理は、視姦されていると気づかないらしい。かすれ声をあげたら、長い黒髪まで弾ませて、上半身を左右へ揺さぶりだした。

となれば、バストも位置を変えて、過敏な鈴口をなぞりだす。牡肉と離れた部分はムニッと元の形へ戻るものの、その際に盛り上がる様が淫猥だった。塗られた粘り気も表面に残るし、他の場所は歪みつづけるため、せっかくの端正な形が台無しだ。

透真も悩ましさが巨根の先端へ集中し、前へつんのめりそう。

――と、愛理はネバつく亀頭を、乳首の上に導いた。

ピンクの突起は、昂りのせいか、屹立と触れ合う前からしこっていた。ぶつかってきた鈴口も小生意気に押し返し、甘かった感触に、コリッと硬めの弾力を混じらせる。

透真は精液の出口をこじ開けられる心地だ。もっとも、被虐的というには力が弱く、悪戯心も頭をもたげた。

「ふ、ぅっ！　そ、それも……いいなっ！」

などと感想を漏らしつつ、彼は腰を前進させてみる。すると亀頭がズルッと場所を変えて、裏筋の左右の張り出し部分で、可愛い乳首を挟んだ。

「んつぅっ!?」

食い込むような愉悦に尻肉を締めてしまったが、愛理はもっと身を強張らせている。

「はぅんっ！　と、透真さっ……んっ、透真君っ、待ってっ……！　やっ、これって……思っていたよりも感じるみたいでっ……」

彼女は上体を反らして何か言おうとしたが、透真は構わず追いかける。

授乳をせがむように乳首を亀頭で叩き、乳輪に沿って、四方からなぞったりもした。エッチなことをする以上、愛理にだって感じてほしい。それに恨み言を述べる気がないとはいえ、ちょっと困らせてみたい。

そんな彼の反撃に、愛理の突起は付け根から傾く。果実のような弾力を保ちつつも、新たな先走り汁を塗りたくられて、どんどん卑猥になっていく。

「やっ……いやっ、そんなにされたらっ……！　わ、私っ……上手く動けなくなる……からぁっ！」

愛理の声に、ますます危機感が滲んだ。

彼女は頭を一振りし、右の乳房を引っ込める。代わりに左の膨らみを出してきて、またも乳頭を牡の滾りへぶつけだした。

分が悪くなったのを、まだ感度が上がっていないもう片方の胸で、仕切り直すつもりなのだろう。

だが、こちらの乳首も尖っているのはいっしょだから、また上ずった声をあげてしまう。

「は、ぁあんっ……私が感じちゃっ……駄目なのにぃっ……！」

その間にも透真は屹立でやり返し、鈴口を押しのけられる感触を貪った。

「愛理の乳首っ、どっちも硬くなってるよなっ」

「そんなことっ、い、言わないで……っ……！」

愛理はいっそう身震いだ。とはいえ、左胸まで引っ込めようとはしない。最初のやり方に固執しながら、荒い呼吸を繰り返す。そのせいで快感のみならず、我慢汁の湿った匂いまで、鼻孔でたっぷり取り込んでしまった。

これだけ彼女が反応している以上、性臭にはヴァギナから立ち昇った甘酸っぱさも混じっているはずだ。透真はそっちの匂いもどんどん引き出すために、一回は逃がした右の乳首を、左手の先で摘まみ上げてみた。

「い、ぁううっ!?」

愛理がこれ以上感じてしまうのを防ぐように、クッと顎を引く。

だが、透真だって容赦しない。

少女の反応を視線で愛でながら、乳首をしつこく弄んだ。自在に曲げられる指を使えば、濡れた突起のゴム球じみた弾力だって、亀頭以上に堪能できる。抗うような硬さを好き放題に捻り、転がし、引っ張りもした。

「あっ、あっ、あっ……だ、駄目ぇ……！　私の胸っ……玩具にしないで……っ！」

愛理の声音はもはや、むせび泣く一歩手前だ。

肉竿を握る力も抜けてきて、透真は再度、腰を操り出した。肉棒の太さと逞しさを駆使して、乳首をグリグリ柔肉へめり込ませる。

もちろん、亀頭も痺れたが、美乳を歪ませながらだと、重めの刺激だって純粋な快感だ。ともすれば数年来の喜悦で、しごかれるまでもなく達しそう。

「俺っ……このままイッていいかっ⁉」

唾を飛ばして尋ねれば、愛理は竦ませていた首を上向かせ、すがるように見つめてきた。

「それはっ……ぁんっ、はっ、ぁっ！　精液っ、出すって……ことっ……？」

「ああっ、そうだっ」

青年がのしかかる格好で頷けば、愛理も涙目のまま頷いた。

「んっ……ぅんっ、出して……っ！　私にっ……精液を浴びせて……っ！」

彼女は白く汚されることを励みとしたように、止まりかけていた両手を使いだした。

そそり立つ竿を握り直し、熱心にしごく。捻る。しごく。しごく。

二つの手のひらを駆使する彼女の一途さたるや、さながらザーメン専用のポンプみたいだ。

のみならず上体も揺すって、乳首を亀頭へぶつけつづける。バストサイズが控えめだからこそ、乳頭が揺れて位置をずらすこともない。突起の質感は連続で、牡の官能神経を震わせた。

「くっ、ぅっ、ぅううっ！」

透真は鈴口が火を噴きそうな気分だが、さりとて摘まんだ乳首は離さない。そっちの膨らみも彼女自身の身動きに引っ張られ、元の形を失いそうなほど、右へ左へ変形だ。

「あ、愛理っ……！」

透真は手コキへ最後の一押しを加えるため、空いていた自分の右手を、愛理の手へかぶせた。そうやって一体感を高めたら、自分で腰を前後させる。しごかれる心地よさだけでなく、手のひらと肉幹の間で我慢汁が潰れる感触も、思うがままに味わった。

「愛理っ……出すぞっ！　俺、イクッ、イッ……イクッ！」

「はっ、ぁあっ……んんぅうっ！　お、お願いっ……おち×ちんっ、この熱いおち×ちんからっ……精液っ、出してぇえっ！」

「ああっ！　だ、出すっ、ぅううくっ！」

透真は少女の懇願に聞きほれながら、スペルマの群れが尿道を割るのを感じた。よりにもよって生徒たちの学びの場の中心で、特濃の白濁を発射する。

愛理も涙目で透真を見上げつつ、生臭いものを胸へぶっかけられた。子種はゼリーみたいにこってりとして、ほとんど白一色だ。汗ばみながら赤らんでいた美少女の肌へ、ダマとなってへばりつく。

「ぁっ……あぁあぁあっ！　熱っ……ぃいいんっ！」

汚された少女の声がひどくマゾヒスティックで、透真は残りのスペルマまで、ビュブブッと浴びせてしまった。

「すげ……気持ちいいよ、これ……っ」

彼の充足感は大きい。全力疾走したあとのようにハイな気分だった。

とはいえ、剛直もまだまだ元気で、根元を握られっぱなしだと、脈打つたびに新たな欲望が充塡（じゅうてん）される。

それをあと押しするように、愛理が潤む眼差しでせがんできた。

「ごめん、ねっ……私、胸に出してもらうだけじゃ我慢できないっ……だって、やっとあなたにしてもらえるのっ……だから、ぁんっ、だから……！」

「ああっ……次は俺がお前を抱くよ……っ」

透真に言葉を引き継がれ、愛理はビクッと息を飲んだ。

「う、うんっ……してっ……！　私の中っ、おち×ちんでかき回してぇっ……」

さっそく異物をねじ込まれる瞬間をイメージしたかのように、彼女の懇願は、あられもなかった――。

「……来て……ぇっ……透真……君……っ」

愛理は胸を拭き清めるのもそこそこに、椅子から立ち上がって、後ろの机の端へ尻を預けた。さらに両手もそちら側につき、上気した肢体の前面ごと、秘部を青年へさらけ出す。

白濁がなくなったとはいえ、乳首は尖ったままだし、汗は他の場所にまだ浮いている。ただのヌードより数段はしたない。

陰毛だってさっき透真が見たとおり、丁寧に手入れされていた。かつては黒々していたのが、陰唇の上寄りに薄く生えるだけ。

それだけに割れ目の形がわかりやすい。

ぷっくり曲線を描く大陰唇は、しとどに濡れそぼち、食べ頃の桃を小さくしたみたいに愛らしい。蜜の出どころである合わせ目も、充血した小陰唇によって開かれかけていた。

しかも、愛理は左足を床に残しつつ、右足を座っていた椅子の上に置いて、ペニスの受け入れ態勢を整える。

「……どこを見ても綺麗だな」

透真が無意識に呟けば、愛理は見えない手で性感帯を撫でられたように、腰を悩ましく揺らした。

「……透真、君……っ、あんまりおおげさに感心されると……は、恥ずかしくて力が抜けちゃいそう……」

脱いだばかりのときは感想を求めてきたくせに、そんなことを言う。だが、矛盾混じりの困惑ぶりだって可愛らしい。

「なら、すぐ始めようか……っ」

愛理が準備している間に、透真も服をすべて脱いでいた。

勃起しながら学校で全裸になると、開放感と罪悪感がものすごい。鼓動も破裂せんばかりに速く、皮膚に当たる空気の感触まで悩ましかった。

きっと愛理は、手コキをしているときから、この気分を味わいつづけている。だからこそ、バストも敏感だし、秘所は出来上がっている。

そんな彼女の前に移動して、透真は右手で男根を摑んだ。左手は愛理の肩へ置いた。

「ひぅっ!?」

案の定、軽い接触ですら、愛理は派手に震える。

これでまた透真のボルテージが上がって、彼は逞しい男根の切っ先を、少女の股へ割り込ませた。

亀頭が陰唇にぶつかれば、のっけから突き抜けるような快感に見舞われる。とはいえ、止まることはせず、女性器に沿って亀頭を前後させた。

「くっ……ぅううっ！」

濡れた小陰唇に挟まれる疼きへ抗いながら、短い距離を行き来すれば、思った以上に早く、奥へ通じる道を発見できる。

数年前のたった二回だけでも、経験はちゃんと身体の中で活きていたのだ。

やったぞ、と透真は心を躍らせながら、腹筋を固めた。あとは狭い入り口を亀頭の幅まで押し広げ、強まる摩擦を真っ向から食らう。

次の瞬間、鈴口がプツリと何かを突き抜けた。

「うえっ！　愛理っ⁉」

まさしく処女膜を貫いたような感触で、彼は動きを止めかける。

すかさず愛理が机へついていた左手を持ち上げ、肩へしがみついてきた。

「し、知らなかった？　処女膜って、ねっ……長い間エッチしていないと……っ、元どおりになっちゃうことっ、あるんだよ……っ」

「そうなのか……っ？」

初耳だが、愛理は頬ずりするようにカクカク頷く。さらに右手まで青年の肩に巻きつけて、切ない声を張り上げた。

「だからねっ、こ、このままっ……し、て……ぇっ……」

支えの減った女体は不安定になってしまったが、代わりに薄い乳房が透真へ密着だ。乳首も双方の身体に挟まれて、愛理に疼きを、透真に引っかかるようなむず痒さを送り込む。鼓動が早鐘のようなのは、もはや言わずもがなだった。

「透真、君っ……やめないで……お願いだから……ぁっ！」

「わかったよっ！」

透真も己を鼓舞し、体勢を維持するために、両手で愛理を抱きしめる。

そこから再び前へ進むと、膣内は本当に生娘の頃へ戻ったよう。敷き詰められた襞が迫ってくるのも記憶のままで、少しずつ潜っているのに、ペニスをグニグニ圧迫された。

多量に溢れる牝汁だって、結合を楽にする潤滑油としてはぜんぜん足りない。むしろ涎のようなヌルつきで、襞の蠕動の淫猥さのみを増幅だ。

「んっ……は、んっ、んぁっぁぁあぁ……っ！」

ぴったり抱き合っているので顔は見えないが、愛理は声まで苦しそう。

透真もあちこちに汗が浮いて、雫の垂れる動きに身体中を舐め回された。

「つ、ぉっ、ぅうぅっ！　あ、愛理……ぃっ！」

つい急かされて、腰を速めそうになる。だが息んで踏ん張って、エラを、次に節くれだった竿を、スローペースのままで潜らせていった。

「っ……痛かったらっ、ちゃんと言ってくれよ……っ!?」

「いいのっ、気遣いなんてっ……！　透真君を傷つけた私を罰するつもりでっ、おち×ちんっ、無理やり突き立ててぇぇ……！」

「そういう訳にいくかっての！」

透真は怒鳴ってしまったが、ふと思いつく。

「そうだっ。お仕置きしていいならっ、言葉でお前を苛めるよ！」

「うぁっ、えっ!?」

「お前のおマ×コは熱くてっ、きつくてっ、チ×ポをグイグイ搾ってきてるんだっ。こんなにいやらしく締まるならさっ！　愛理だって……くっ、きっとっ、すぐ気持ちよくなれるっ！」

唾を飛ばしながら、思いつく淫語を並べていく。

しかし言葉責めの真の狙いは、相手を興奮させて、痛みを和らげることだった。

果たして、それは上手くいっているのかどうか。少女はしがみつく腕の力を強め、声を裏返らせる。

「は、ぁぁぁっ……ごめんなさいっ、ごめんなさいぃぃいいっ！」

意味もなく謝ってくる彼女の、生まれたままの肌の感触に、透真は気持ちが茹だってしまう。語彙力が吹っ飛びそうで、とっさに命令を飛ばした。

「そっちも恥ずかしい表現っ、いっぱい聞かせてくれよっ！」

「はひっ！　わ、私もっ、ぉっ……!?」

「そうだよっ！　そうだっ！」

叫ぶ間に、ペニスをもっと突き立てた。竿は膣内でますます反って、棍棒さながらに肉の壁へ食い込む。そのくせ淫熱にやられて、溶けだしそうにも思えた。

腹の裏側を抉られた愛理の喘ぎも、泣きじゃくるかのようだ。

「は、いっ！　はぃぃいっ！　透真さ……っ、じゃなくてぇっ、透真っ様ぁあっ！

私はっ、私はぁあっ！　今っ、あなたのおち×ちんっをっ、ヌルヌルに濡れた場所でっ、うっ、受け入れてっ、ぃますぅううっ！」

お仕置きごっこに合わせたのか、奴隷みたいな言い回しを始める彼女。

いっしょに小さな秘洞も狭まって、透真は呼吸が詰まった。

「『透真様』はよせってっ！　せめてっ、さん付けぐらいにしてくれっ！」

「は、いっ……透真さんのおち×ちんっ、すごくおぉきいっ、ですぅ……！　どんどん入ってくるのがっ……こ、ぉっ、擦れる感じでっ、わかっちゃう、のぉぉっ！」

溜め込んできた想いを破裂させるように、少女も声を張り上げた。

次の瞬間、透真のペニスが子宮口へぶち当たる。

粘膜の先端にかかる重みは凶悪で、ただし独占欲をそそる存在感もあった。

「あ、くぐ……っ！」

透真は眉間に皺を作りながら、さらなる弾みをつけるため、愛理の背中を撫でてやる。

「お前の身体はおマ×コだけじゃなくっ、全部が気持ちいいんだっ……！　スベスベでっ、汗の手触りがエロくてっ……抱きしめてるだけで、おかしくなりそうだよっ！」

「そ、そんなに悦んでくれるんっ……ですかっ……透真さんっ……！」

「ああっ、いくら言っても足りないよっ、本当に！」

肌はどこもかしこもきめ細かくて、程よく締まった背部の肉付きが、手のひらへ心地よい弾力を返してくれる。

調子に乗って片手をヒップまで下ろせば、そっちは丸いラインが汗の珠を浮かべながら張り詰めていた。

「こっちもいいなっ。愛理はお尻までエッチだよっ」

「そ、そんな言い方は……っ」

「だってお仕置きだからさっ！」

言い合う間にも、双丘をねちっこく撫でる。湿り気を広げてからまた揉めば、バストの瑞々しさと通じるたわみようだった。しかも、一方の丸みを鷲掴みしたまま左右へ引っ張れば、思った以上に谷間が開く。きっと二人からは見えない部分で、菊門までグニグニ伸び縮みしていることだろう。

訴えを無視された愛理だが、かえって自分から胸を擦りつけてきた。

「あぁっ……あぁあっ！　私っ……今っ、透真さんの手とおち×ちんでっ、めちゃくちゃにされてるぅ……っ！」

弄られつづけるうちに、声音も少しずつ甘くなっているようだ。

となれば、次のステップに移れるかもしれない。

「そろそろお前の中で動いてみて、いいかっ？」

頼もしそうな声色を心がけて問えば、愛理は肩を揺らしたあとで、はしたなくねだってきた。

「はいっ！　動いてくださいぃぃっ！　おち×ちんっ、私の身体で気持ちよくなってくださぁぁいぃぃいっ！」

「だったら……お前も正直な感想を続けてくれよっ！」

透真は踏ん張り、腰を横へ傾ける。

手始めにやるのは、腰で〝の〟の字を描く方法だった。肝試しのときに覚えたこれならば、愛理が処女へ戻っていたとしても、刺激を抑えてやれるはず。

まずはごく小さな振れ幅で——だが、しばらくジッとしていたあとだけに、亀頭は捩れるみたいに強く疼いた。

「ふぐっ！　こ、これだとどうだっ⁉」

問いへの返事は、二度の頷きだ。しかしあとから思い出したように、切れ切れの言葉が吐きだされる。

「へ、平気です……ぅ！　お腹の奥っ……透真さんが優しく撫でてくれてるって、私っ、わかるの……っ！　ぅこのままっ、おち×ちんのための大きさまでっ、んひっ、広げ、てっ……くださぁいっ！」

「そぉかっ！」

透真は少女の身震いを受け止めながら、時間をかけて、描く丸を少しずつ大きくしていった。

正直に言えば、愉悦とセットで歯がゆさも募ってくる。官能神経へなだれ込む快感は十分大きいはずなのに、もっともっと欲しくなってしまう。ここでピストンすれば、荒波のように肉悦が押し寄せてくるはずなのだ。

それでも我慢して、下半身をなおも右回転。何度か繰り返してから、左にも捻った。

やがて、愛理が腰を揺らしだす。

「あぁっ……はぁあっ……透真っ……さぁあんぅっ！　私の中っ……は、恥ずかしいけどっ、ムズムズしてきていますぅっ！」

無理しているようには見えない。それどころか、少しもどかしそう。

「だったら、こうだ……！」

透真はペニスを少しだけ後退させた。途端にカリ首へ濡れ襞が引っかかり、亀頭も竿も隈(くま)なく逆撫(さか)でされる。

「お、ぅううっ！」

「ぃひぁああっ!?」

愛理も雷で打たれたように、華奢な裸身をわななかせていた。

己の悦楽と少女の反応。両方に気圧されて下半身を固めかける透真だが、直後にはまた膣内でバックだ。

淫らな擦れ合いの再開に、神経内を電気信号が目まぐるしく走る。

「つぅうぅっ！　愛理っ、平気かっ!?」

「うんっ！　は、はいっ！　透真さんぅうっ、このましてくださいっ！　私の中っ、苛めてくださいぃいっ！」

「どんな感じかっ、ほらっ、感想っ！」

「は、いぃんっ！　痛いけどっ、でもっ、本当にほしいんですっ！　あなたを感じたくてっ……お、おち×ちんっ、どんどん抜いてぇええっ!?」

少女が精一杯に吐き出す声は、きっと心からのものだ。

それに応えて外を目指せば、透真はぶつかる襞のヌメリと熱さに、いよいよ酔わされた。根元の方は解放されてくるものの、まぶされた愛液がまだ生温かい。精液が群れを成して昇ってきそう。

透真は早々とイッてしまうのを堪えながら、ほぼ抜ききった肉幹を再び、愛理へ突き戻した。これで肉悦の向きも正反対に変わる。過激な急変たるや、亀頭内の血液まで逆流させるみたいだ。

「んくぅううっ！」

たった二度の突きでオーバーヒート気味となった。が、青年はかつての悦びを完全に思い出す。

「ひ……ぅぁああっ！　と、透真さぁあんっ！　奥っ、奥ぅううっ！　ゴリゴリ擦れちゃうぅううっ⁉」

愛理の鳴き声だって、もっと聞きたい。

だから、強く引いて荒く押し込む無謀(むぼう)なピストンへ取り掛かった。

彼が速度を上げれば、愛理も痙攣しながら、よがり声を吐き散らしてくれる。後退すれば、下の口はもっと正直に、無数の襞を男根へまとわりつかせる。

「あっ……やぁあっ……こ、これ……っ、変ですぅうっ！　私の身体っ……どうなって、る……のぉぉおっ⁉」

「変って、どんなふうにだっ⁉」

「は、はいぃっ！　入ってくるおち×ちんが重くてっ、息できなくなりそっ……なのにぃっ……それが幸せなんですぅうう……ぅっ……！」

「つまり、感じるようになれたんだよなっ！」

丹念な下準備はちゃんと効いていた。その高揚感を、透真は噛みしめる。

今や発情の匂いは、愛理のあらゆる場所から発散されていた。無意識とはいえ、全身で牡を誘うのだ。

さらに愛理は、迷子のようにしがみついてきて、ヴァギナを前へ押し出した。その動きが、ちょうど進んでいた怒張を熱くしごく。

「ふぐっ！」

透真は竿の底へ精液が集結してきて、心底焦った。それでもペニスを止めきれず、左右へツイストを加えてしまう。さっきの円運動より強い力で、肉壁を強制的にこじ開ける。

すかさず愛理からも悲鳴があがった。ただし、そこにあるのは苦痛ではなく、強すぎる快感への混乱だ。

「は、やはぁあっ！　広がるっ！　私の中ぁっ、おち×ちんで広がっちゃうぅぅっ!?」

「この際っ、おち×ちんじゃなくてさっ……おチ×ポって言ってみてくれよっ！　それからっ、お前の場所はおマ×コだっ！」

「は、はひっ、はひぃぃいんっ！　透真さんのおチ×ポでっ……私のおマ×コぉっ、滅茶苦茶にされていますぅううっ！」

「もっと具体的にっ！」

「駄目ですっ！　無理ぃいひっ！　頭の中までぐちゃぐちゃでぇっ、ちゃんと考えられないのぉおっ！」

よがる愛理は、踏んでいる椅子を蹴飛ばしそうだった。左脚も踵が床から持ち上がりかけて、ガクガク淫靡に震えっぱなし。とうてい処女へ戻っていた身とは思えない。

そんな彼女の嬌声が尾を引くうちに、透真は子種を追い返すことに成功した。

となれば、勇んで抽送を復活し、カリ首で牝襞を引っ掻き回す。

「はぅううっ！　またこれぇえっ！　わたしの中でっ、太いおチ×ポっ！　ぅ暴れ出したぁあはっ!?」

ワンクッション置いたペニスはいちだんと逞しく、その分、愛理の声もボリュームが上がる。

それでもまだ何か追加できる気がして、透真は女体を押し倒さんばかりに、結合部へ体重をかけた。

もちろん、鈴口は膣奥で焼け焦げんばかりに潰れるが、少女へいっそうの肉悦を練り込める。

「あぁぁあっ！　おチ×ポ来てますっ！　グリグリ来てぇえっ、私のおマ×コっ、熱すぎて壊れちゃうぅううっ⁉」

「そうだっ、俺のチ×ポで壊れてくれよっ！　他の誰かじゃ満足できなくなるぐらいっ、いっぱい乱れてくれっ！」

泣き叫ぶ愛理を、もう離したくなかった。そのためにも、肉欲の虜にしてしまいたい。

これに愛理も頷いて、青年の背中へ爪を立ててきた。

「はっ、はひぃいいっ！　私っ、もっとグチャグチャになりますぅううっ！　本当にっ、本当にぃいっ、おマ×コっ、おかしくなってくぅううっ！　この感じぃっ、好きですっ！　好きっ、私好きぃいいひぃいいいっ！」

彼女は首を横へ振り、黒髪の端も弾ませた。挙句、後ろの机を押しのけんばかりに、腰までカクカク揺すりだす。その律動は稚拙だが、透真の方が呼吸を合わせた。愛理が下がったときには自分も下がる。前進時にも動きを噛み合わせ、襞という襞を踏み荒らす。

そうやって何度もほじくると、愛理はせっかく始めた腰遣いがままならなくなってきた。結局、主導権は透真のもので、秘洞はされるがままに妖しく脈打つ。

とはいえ、続く愛理の告白は、透真の頭を真っ白にした。

「やっ、やはぁあっ！　私っ、こんなに感じてるのにぃいいっ！　奥からもっと来てるのっ！　おチ×ポでズンズン突かれてっ、す、すごいのがぁあっ！　これっ、これきっとぉっ……イク感じっ、なのぉおおっ！」

「う、いっ⁉」

透真は目の前に火花が散る思いだ。もっとも、驚きは瞬時に歓喜へ変わり、抽送の力強さへ直結する。

「ああっ！　くっ、イッてくれよ、愛理っ！　俺のチ×ポでイク感じっ！　お前のおマ×コで思い出してくれっ！」

彼はショック療法を施すつもりで、膣奥に猛攻を加えた。さっき食い止めたばかりの精液もぐんぐん迫ってくるが、今度は遮る気になれない。

愛理をイカせて、自分も達する。

そう思うと、ゲル状の塊に尿道を侵される切迫感まで、存分に愉しめる。

彼の勢いに押されれば、愛理もエクスタシーへの急勾配を、問答無用で駆け上がることになった。

「んぁああはっ！　はいっ！　私っ、おマ×コでぇえっ、イッちゃいまふぅうあっ！ぅあなたのおチ×ポにっ、ィいひっ！　ィひおっ！　イカされちゃうぅううっ！」

我を失い、それでも透真に従おうとする姿は、痴女めいているだけでなく、とことん健気でもあった。

彼女は酸欠寸前になっても、まだよがり声を吐き散らし、ついにはオルガスムスの奔流へ自分で飛び込む。

「ひぁぁああっ！　あひっ、ひぃいいっ！　ぃひぃあぁぁぁああっ!?」

ただでさえ極小だった肉壺が縮こまって、やりたい放題の肉棒へすべての濡れ襞を差し出した。これが身の丈を超える快楽の上に、アクメの法悦を積み重ね、自称幽霊の美少女は、片脚を上げた立ち姿のまま悶絶だ。

「ぅぅあぁあはぁあぁあんっ！　ぅイッ……イッ、あっぅあぁあうっ！　ぃイぃクぅううっぁぁあはぁあああぁぁあんぅううぅうぅううっ！」

青年の手の内で美尻が突っ張った。背中も後ろへ倒れかけ、つま先の痙攣は、ヴァギナにまで振動を届かせる。

そんな淫らな裸身の奥へ亀頭をめり込ませ、透真も生臭いスペルマを解き放った。

ザーメンは本日二度目とは思えないほどの量で、尿道を、次いで鈴口を乱暴に押しのける。愛理の子宮へ、ビュクッビュクッとなだれ込む。

愛理は種付けされながら、官能の高みへ延々と釘付けだった。

「ふあっ……あぁあうっ！　透真っさぁぁあんぅぅうう……っ！」

「お、ぉ、おぉおおっ……！　俺もイッてるっ！　お前の中に出してるぞっ！　くぅううっ！」

透真も怒張を情熱的にしゃぶられ通しで、全身の力を抜けない。

もはや二人で身動きさえ叶わず——汗びっしょりの裸身を、憑かれたように擦りつけ合うのだった。


——透真たちが疲労感を押して服を着直し、あと片付けまで済ませると、時刻は十一時前になっていた。

明日も出勤だし、もはや教室へ留まれるタイムリミットだろう。

透真は椅子の背もたれへ寄りかかりながら、思いきって少女へ聞いた。

「で、さ……君はいったい、誰なんだ？」

極限まで盛った反動で、気持ちが行為を始める前より鎮まっている。こうなると、この娘が愛理だなんて幻想は、もはや持てない。

とはいえ、頭が正常に働いているわけでもなくて、ストレートな尋ね方となってしまった。

「……やっぱり、幽霊なんて信じられないですよね……」

隣の椅子へ座りながら、少女は項垂れた。今さら演技なんて無駄だとわかっているらしく、口調は丁寧語のままだ。

透真もさらに呼びかける。

「……なあ、俺は本当の君を見せてほしい。我ながらムシがいいと思うけどさ、ちゃんと君と向き合いたいんだよ」

身体を重ね、心も寄せて、疑問の軸は「なぜ愛理を知っているか」ではなく「どうしてここまで無茶したか」に変わっている。

しかし、行為中はずっと「愛理」と呼んでいたのだから、思い返すと罪深い。

やがて——少女が目線を逸らしたまま、ポツリと漏らした。

「明日……」

「え？」

「明日、また会えます。先生が私を見つけてくれれば」

彼女はバッグからメモ用紙を取り出して、何かを手早く書きつける。

透真が紙を受け取ってみれば、記されていたのは携帯電話の番号だ。

「お仕事が終わったら、改めて話を聞いてください。それまで……待ってくれませんか？」

「あ、ああ……わかったよ」

あまりに態度が切実で、透真もこれ以上追及できなかった。

そこでようやく少女は、無理するように微笑む。

「……優しいですね、先生は」

その表情は間違いなく愛理と別人で、過去の彼女よりもずっと大人びていた。

第四章　時を超えた法悦

「……期待、希望、未知への不安。皆さんの胸にある想いの形は、それぞれ違うことでしょう。ですが、前へ進む気概さえ持てば、春は誰にとっても飛躍の季節となるのです」

透真と謎の少女が教室に侵入した翌日、安城学園の入学式は予定どおりに行われた。

体育館の舞台で話をしているのは、学園の理事長である御影静香だ。

彼女は切れ長の目つきが印象的な和風美人で、常に毅然としている。

外見だけなら三十代前半ぐらいとも思えるが、透真の在学中からもう理事長をやっており、出で立ちはあの頃とほとんど変わっていなかった。

昔から生徒内にファンが多かった――およそ七割が女子だ――ことを、透真はよく覚えている。

ただ、今は彼女の話を聞くよりも、整列した生徒たちの顔が気になった。

愛理を名乗ったあの少女は、最後にこちらを「先生」と呼び、「明日、また会える」と言ったのだ。安城学園の新入生だとすれば納得できる。

(まあ、そうと決まった訳でもないんだけどな……)

透真は内心でため息を吐いた。

本当に新一年生なら、あの美貌で数日中に噂が広まるだろう。しかし、百人を超える中から今すぐ見つけ出すのは難しそうだ。

程なく理事長の話は終わり、県内の名士の祝電披露なども、つつがなく進んでいった。

次は新入生代表の挨拶だ。

『代表、御影葵』

スピーカーから流れる教師の声を受けて、一人の女子が舞台の袖から歩み出る。

ここで選ばれるのは受験でトップになった者だが、理事長と同姓とは珍しい。

(家族か親戚か？　トップクラスの秀才で、理事長の家系とか……ほとんど漫画だな)

くだらないことを考えていた透真は、次の瞬間、壇上の女子を見て愕然となった。

現れたのは昨日の少女——透真に抱かれて身悶えた、あの彼女だったのだ。

その顔立ちの端正さは、遠目でも変わらない。

長い黒髪、ぱっちり大きな瞳、形よく瑞々しい唇。初見の新入生たちへもざわつきが広がりはじめる。

もっとも、少女は動じることなく静かに一礼し、挨拶文を朗々と読み上げはじめた。

「温かな日差しが降り注ぐ今日、私は安城学園の一員となれた誇りを胸に、校門をくぐりました」

いったい、これはどういう展開なのか。

舞台を見上げる透真の脳内は、グルグルと渦巻きだしていた——。

夜、アパートへ帰った透真は、床へ胡坐(あぐら)をかき、腕組みしながら、昨夜もらったメモを見返した。一分以上かけて気構えを整える。

「……よし！」

スマホを摑み取り、電話番号をタップだ。手の内へは汗が浮き、生唾も飲んでしまうが、

『もしもし、先生ですかっ？』

「え……早いな⁉」

相手――葵が出るまでに、一コールとかかっていない。驚く透真へ、彼女は大真面目に返した。

『い、いいえ、先生を待っていたんです……こんな回りくどい形にしてすみませんでした。でも、込み入った話は電話越しで、先生の顔を見ない方がしやすいように思えたものですから……』

口調は教室での別れ際に近い。彼女が今も頬を赤らめている気が、透真はしてきた。

いいよ、気にするな。そう言ってやりたくなるものの、ここまでの経緯を考えれば、軽く流すのも何か違う。

「ぁあ、まあ……知りたいことは多いけどさ、御影自身のことも含めて、大事だと思う内容から聞かせてくれるか？」

結局、最も無難な態度を選んだ。

対する葵は、すでに考えを纏めていたらしい。

『では、聞いてください』

微かに居住まいを正す気配のあと、核心から切り出す。

『先生が学生時代に出会った幽霊……愛理は、私の姉なんです』

「……そ、そうなのか……」

可能性だけなら、透真だって言及している。だが、素性に具体性が出てみると、インパクトが大きかった。

しかも、情報を飲み下しきれないうちに、妙な質問が来る。

『……先生は、冬眠症と呼ばれる病気をご存じでしょうか？』

「いや、知らないな……。愛理と関係あるのか？」

『そうです。先生と知り合う前の年、姉はこれにかかっていると判明しました。冬眠症は周囲の気温が高ければ、何の問題もありません。でも、十度を下回る辺りから、身体の機能が低下しはじめます。それこそ、生き物が冬眠するみたいに』

「命に係わるのか？」

『ええ、冬は暖房が必須で、もしも灯油が切れたり、自家発電の設備無しで停電になったら、そのときは助からないでしょう。治療法はありますが、長い時間がかかりますし、完治するとも限りません』

悪い情報がほとんどで、透真は不吉な予感に苛まれた。

「い、今っ……愛理はどうしてるんだっ？」

『安心してください。姉の場合は、一年前に治っています』

「そうか……っ」

安堵の息がこぼれた。

だったら、愛理は今どうしているのか。すぐにでも知りたかったが、話の腰を折るのは最小限に留めた方が、葵だってやりやすいだろう。

「続けてくれ、御影」

『……姉が発症したのは受験の直前です。そのために進学を諦めなければならず、多くの大切な友だちと疎遠になってしまったんです』

それはきついな――。声に出すことなく、透真は呻いた。

学生の場合、世界の大部分を、友人と学校生活が構成しているのだから。


――わたしねぇ、実は幽霊なんだぁ。


愛理のセリフも、単なる冗談などではなかった。未来を奪われたと感じた彼女は、明るい態度の陰で、捨て鉢になっていたのだろう。

葵はさらに語る。

『姉はふさぎ込むようになり、あるとき、親に無断で、安城学園の鍵を持ち出しました。鍵が家にあったのは、私たちの母が学校の理事長だからですが……』

「やっぱり親子なのか」

『はい……。ともかく、そこで姉は先生と出会ったんです。今夜だけじゃなく、この先もたくさん会いたい、先生はそう力強く言ってくれましたね』

少女の声音へ感謝が滲み、透真は逆に恐縮させられる。

「俺は、あいつの事情を知らなかっただけだぞっ？」

『だから、姉は勇気づけられたんだと思います。あのときは家族でさえ、腫れ物へ触れるような態度でした。自然な接し方が、嬉しかったはずです』

透真はますます気恥ずかしくて、少しだけ話題を逸らすことにした。

「けど、御影は俺たちのことを詳しく知ってるよな。あとから愛理に聞いたのか？」

『そ、それもありますが……』

迷う口ぶりのあと、葵は観念したように言う。

『私は姉の行動に気付き、こっそり尾行したんです』

「って………見たのか。俺たちがやってたこと、全部……」

会話も、告白も、セックスも。

すでにいろいろ知られていることは確実だったが、直に目撃されたとは思わなかった。

計算すると、当時の葵の歳は——。いや、フェラチオもセックスも、ショッキングだったに違いない。

『二人で何をしているのか、あのときは理解できませんでした。先生が姉を苦しめているみたいなのに、姉はいっぱいして、って叫んで……』

「御影、すまなかった！」

『いえ、そのっ……先生は私がいるなんて知らなかったわけですし……っ。とにかく私は、何かあったら姉を守るつもりで、それ以降も毎回、内緒でついていったんですっ……』

「じゃあ、肝試しのときも……」

『少し怖かったですが、山の中まで入って…………はい』

要するに、青姦の際も近くにいたわけだ。透真は頭を抱えたくなる。

その空気を変えたかったのか、葵が声を大きくした。

『私っ、やっていることの意味はわからなくても、姉が嬉しそうだから、親へ黙っていたんですっ。ただ……っ』

「ただ？」

『姉がたびたび外へ出ているのを、ついに母も見つけてしまって……それがちょうど花火大会の夜でした』

「ああ、そういう……っ」

長年の答えが示された。愛理は気まぐれで約束をすっぽかした訳ではなかったのだ。

『それから、姉は外出できなくなりました。治療のために温かい地域へ行く予定も、前倒しで決められて、二週間後、慌ただしく県外の療養施設へ移ったんです』

「……え？」

二週間後というタイミングが、少し引っかかった。理由はすぐ思いつく。

「じゃあ、校門の手紙、あれは愛理のものじゃなかったのか？」

『……置いたのは、私です』

葵は小さな声で白状した。

『姉を待ちつづける先生を見ていられなくて……っ……ごめんなさいっ、あんな嘘をっ』

「いやっ、御影は気に病まないでくれっ」

電話の向こうで少女が震えだした気がして、透真は慌てた。

「要するに、俺のためにしてくれたんだろっ？」

昨夜だって、彼女は手紙で傷つけたことを真剣に謝っていた。あれで心を動かされたからこそ、透真も幽霊話を信じたのだ。

『違いますっ。あれはただの自己満足で……っ』

「自分を責めなくていいから！」

つい声を荒げてしまった。

しかし、これで葵も自責へブレーキを掛けられたらしい。深呼吸したあと、彼女は小声で問うてくる。

『……先生はまた……姉と会いたいですか？』

「え……？」

途端に透真の胸へ、さまざまな想いが押し寄せた。

自分は他愛(たあい)ない嘘に引っかかって葵へ手を出した、脇の甘い半人前だ。

資産家の娘である愛理とは、住む世界が違うのかもしれない。

しかし、それでも。

「……うん、会いたいよ」

答えは他にありえない。

葵もこれを予想していたのだろう。続く口ぶりは、有能な秘書のように落ち着いていた。

『では、次の土曜でどうでしょうか？　先生がよければ、午後一時に迎えに伺います』

「って……愛理と会えるのかっ？」

　二つ返事で頷きたいが、とんとん拍子で話が進みすぎではなかろうか。今の話だと、愛理の親は交際に反対のようだし――。

「……そうだ。俺の手引きなんてしたら、御影が立場的にまずいだろう？」

『平気です。母もほんの少しだけ、考えを変えたんです。先生の存在が、闘病中の姉の力になったのは確かですし……』

「そうなのか？」

『先生のアパートの住所だって、私は母から聞きだしたんですよ』

「え？」

　またも意外な真相が飛び出した。

「昨日の芝居、理事長が仕組んだのかっ？」

『そ、それは違いますっ。私、春休みのうちに安城学園へ行っていて、「トーマ君」という呼び声で、先生を見つけたんです。それで驚いて……母へ食い下がりました。

もしも先生と姉が今も想い合っていたら、今度こそ関係を認めるべきだって。母は渋りましたが、私が姉のふりをして、先生の気持ちを確かめると言い張ったんです』

「……よく許可が下りたな。いや、御影だってあそこまでする必要は……」

『っ……教室でのことは、私が好奇心を満たすためのアドリブです。わ、忘れてくださいっ』

「好奇心、って？」

『私も成長して、先生たちのやったことの意味がわかるようになりました。だから試したくなったんです。優しい姉があんなに乱れるなんて、どんな感覚なんだろうって。ただそれだけで……っ、先生へ特別な感情がある、みたいに重い理由じゃないんです』

「いや、けど」

『二度と先生へ迷惑はかけませんっ……っ。私が最後に何をしたかは、姉も母も知りませんしっ……そ、相談へ戻りましょうっ』

「おう……っ」

これ以上問いただしたら葵を傷つけそうで、透真も頷いてしまう。

話はそこから土曜の段取りへ移り、終わると逃げるような調子で通話が切れた。

「…………」

聞くべきことはまだたくさんあったはずなのに、あまりに目まぐるしくて、気持ちが追いつかない。

しかも、スマホの画面を見れば、カレンダーのアイコンは、木曜日を示していた。

もう会えないと諦めていた愛理との再会まで、急にあと一日半となったのだ。

とうてい、平静でいられるはずがなかった——。


翌日も透真は、地へ足がつかないままだった。

昼はまだ授業に集中できたのだが、帰宅後は食事しようと風呂へ入ろうと、ひたすら悶々(もんもん)とするばかり。次週の準備をしようと開いた教科書の文字だって、目が上滑りしてしまう。

そんなこんなで眠れない一夜を過ごし、ようやく土曜日となった。

インターホンが押されたのは、約束の時間より少し早めだ。

しかし、透真もとっくに身支度を完了していたから、ダッシュでドアを開ける。

葵はそこに私服姿で立っていた。

着ているのは桜色のワンピースと、白いカーディガンの組み合わせ。さらに丸いつば付きの帽子をかぶり、野暮ったい黒ぶちの眼鏡をかけている。

「……休みの日は眼鏡なのか？」

透真が聞くと、葵はややきまり悪そうに答えた。

「いえ、変装みたいなものです。教師と生徒が休みの日に二人で歩いているなんて、見つかったら問題ですから……」

「でも、服のチョイスはおしゃれだよな」

途端に、葵の顔色が真っ赤に変わった。

「そ、そういうことは、姉だけに言ってあげてくださいっ」

一度は身体まで使い、入学式で大勢の注目を浴びたときも平気だったとは思えない、純な反応だった。

もしかしたら外見が綺麗すぎて近寄りがたく、面と向かって気軽な批評をされる機会が少ないのかもしれない。

彼女は唇を尖らせたまま、反撃するように述べてきた。

「先生こそ、いつものスーツなんですか？」

まさに、そのとおり。透真の姿は学校へ行くときと変わらない。

「引っ越してきたばかりで、服が足りないんだよ」

「まあ、その……似合っているから構わないとは思いますが……でもこの先、姉とデートするときは、服装にも気を配ってくださいね？」

「デッ……って、いや、あいつ、本当に俺のことを今も好きなのか？」

あれから何年も経っている。葵も言明していないし、過度の期待は禁物だと思う。

しかし、後ろ向きな透真を、葵は軽く睨んできた。

「それは、姉から直接聞くべきです。自分を低く見るのも、やめた方がいいと思いますっ」

「……悪かったよ」

透真は謝る。それからドアへの施錠を済ませて、葵へ告げた。

「ともあれ、今日はよろしくな、御影」

「はい、お任せください。小宮山先生」

答える葵にも、優等生らしい冷静さが戻っていた。

愛理と葵の家へは、バスで五分弱、さらに徒歩で十分かかった。

着いてみれば御影家の敷地は、閑静な高級住宅街の中でも特に広い。武家屋敷めいた重厚な門の先には、立派な日本庭園が造られて、敷かれた飛び石の向こうに、和洋(わよう)

折衷の大きな家屋が見える。

透真が連れていかれたのは裏手の方だが、来客を意識しているのも、この奥まった場所らしい。

芝生が広がる中に石橋付きの池があって、ほとりには桜の木が立っている。対岸へ紅葉も植えられていたし、少し離れたところで蕾をつけているのは牡丹だろう。

「……すげー庭だな」

「この眺めは私も子供の頃から大好きです。でも、手入れのたびに大ごとになるんですよ」

葵は苦笑しながら、青年を母屋から独立した小さな茶室まで案内した。

「中で待っていてください。姉を呼んできます」

そう言って、身を翻す。

ここで呼び止めなければ、一対一で話せる機会はいっぺんに減るだろう。だが、葵ときっちり向き合いたいという気持ちは、透真の中で大きいままなのだ。

「待った！」

とっさに声をかけると、葵も弾かれたように振り返った。

「な、なんでしょうかっ？」

しかし、続く言葉を思いつかない。もはや熟考の時間もなく、透真は頭に浮かぶことを、片っ端から並べ立てていった。

「ここまでありがとうな。すげぇ世話になったよ。ただ、俺が言えた義理じゃないけどさ、御影はもっと自分を大切にしてくれ。俺はお前を傷つけたくないし、傷ついたところも見たくないんだ」

聞き終えた葵は、素直に頷く。

「わかっています。私が先生に悪いことをするのは……あの夜が最初で最後です」

締めくくるように静かな微笑みを残して、彼女は踵(きびす)を返した。

透真はその後ろ姿を見送って、ため息を吐く。無力感だけが残ってしまったが、やり直しなどできない。

目を茶室へ移し、狭い躙口(にじりぐち)から中に入れば――そこは侘(わ)び寂(さ)びの精神を表した簡素な場だった。

広さは四畳半しかないし、飾りは床の間にある掛け軸と一輪挿しだけ。ただし、窓からは非日常的な庭が見える。こんな静かな空間へ一人残されると、またいろいろ考えてしまう。

愛理は今の自分をどう思うだろう――。

葵へは他に取るべき態度があったはずだ――。

だが、どんな結末が待っていようと、愛理の前で情けない顔なんてしたくなかった。

透真は自分の太腿をつねって、迷いを追い払う。その場にどっかりと腰を下ろす。

程なく、「失礼します」と向かいの襖から声が聞こえてきた。

「っ……!」

心臓が大きく跳ねた。

つい先日、葵の声真似に引っかかったばかりだが、今度こそ間違いない。

来たのは、彼女だ。

「どうぞっ⁉」

焦りに衝き動かされ、正しい作法も知らないままに言うと、襖がそっと開かれる。

――成長した愛理が、膝を曲げてそこに座っていた。

「あ……ぃ……」

一目見るなり、透真は呻きを漏らしてしまう。

愛理はますます綺麗になって、伏せた目や所作へも洗練された気品があった。細い指のしなり方まで完璧だ。病気だった名残は微塵もなく、肌は色白ながら艶っぽい。

長い黒髪は頭の後ろへ結い上げており、着ている着物は光沢のある空色だった。

えんじ色の帯が締まっているために、身体つきの変化まではわからない。が、細身な点だけは変わっていない。

郷愁混じりの熱いものがこみ上げてきて、透真は視界が涙でぼやけだした。

対する愛理も、目線を上げて青年を認めるなり、端正な顔をクシャッと歪め、大きな瞳を潤ませる。

「透真君っ……」

直後、何かへ気づいたように言葉を切り――彼女はいきなり襖を閉じてしまった。

「なっ！　あ、愛理っ!?」

訳がわからない。愛理だって今、確かに再会を喜んでくれたはずだ。

透真が腰を浮かせると、悲鳴じみた声が飛んできた。

「ちょとだけっ！　ちょっとだけ待ってっ！　久しぶりの透真君が衝撃的すぎてっ、変な反応しちゃいそうっ！」

どうやらさっきの妙な顔つきは、自分へ歯止めをかけるためのものだったらしい。

だが、ここまできてお預けなんてあんまりだ。

透真は襖へ駆け寄り、無理にでも開けようとした。

「愛理っ、頼むから開けてくれよっ！」

それを愛理が反対側から阻む。

「絶対やだっ！　お、お化粧まで崩れてきちゃったみたいだしっ！　もうっ、一番きれいなところを、透真君に見せたかったのにぃっ！」

「背伸びは止めようって、前に決めたじゃないかっ!?」

「でもっ、でもでもっ！　だってぇっ！」

言い合っても逆効果のようで、仕方なく透真は手を下げた。

「……しょうがないな。そっちがいいって思えるまで、待つことにするよ」

畳へ尻を置き、自分も気持ちを鎮めていく。

一分ほどして、愛理が消え入りそうな調子で言ってきた。

「変な顔になってても、呆れないでね……」

念を押したあと、ようやく襖を開けてくれる。

「あ……」

「っ……」

二人で座っていたから、目線の高さはほぼ同じになり、距離も極めて近かった。

確かに愛理の頬は涙で濡れて、目元も真っ赤だ。ありていに言えば、グチャグチャの泣きべそで、透真を見るなり、またしゃくり上げだす。

「うああっ、と、透真君だ。透真君だよぅ……」

「そうだ、俺だよ」

「ごめん、ごめんね……っ。わたし、透真君との約束を破っちゃったのにっ、ちゃんと謝らなきゃいけないのにっ、会えて嬉しいって気持ち、抑えられないのぉっ……」

「おおよその事情は、御影から聞いてるんだ。謝るのはなしにしてくれよ」

透真は片手を上げて、愛理の涙を拭った。

責める気なんて微塵もない。ただひたすらに嬉しい。

そこへ愛理がしがみついてきて、耳元で号泣しはじめた。

「お、おいっ、愛理っ!?」

「透真君！　透真君っ！　透真くぅんっ！　会いたかった！　会いたかったよぉっ！」

「ああっ……！　くっ、俺だっててっ！　愛理に会いたかったよ！」

透真は彼女を抱きしめ返す。

――もはや、自分をどう思っているかなんて、問うまでもない。

愛理はむき出しの愛情を向けてくれていた。

少しだけ間を置くと、透真はかえって言葉に迷ってしまった。

一度奥へ引っ込んで顔を整えてきた愛理も、着物姿で正座しながら、モジモジと様子を窺ってくるだけだ。彼女の頬は今も赤く、花びらめいた唇は何度も開きかけながら、そのたびに途中で止まってしまう。

こうなったら、考えても仕方ない。透真は自分から話を振ることにした。

「……ずっと頑張ってたんだよな、愛理は。俺、ぜんぜん力になれなくて、ごめん」

「だ、駄目だよっ。そんなふうに言わないでっ。わたしには謝るなって言ってくれたのに……っ」

愛理が一転、高い声をあげる。

「こうして来てくれたのだって、わたしを好きでいてくれたからだもんねっ？　それに治療中、透真君との思い出にはすごく励まされたのっ」

「愛理っ」

透真は胸がときめいた。反面、葵とのことが後ろめたくなる。

その逡巡が身振りに出たのだろう。愛理も何かを察したらしく、テンションをやや落とした。

「もしかして、透真君、新しい彼女ができちゃった……？」

「違うって！」

「わたしを彼女にする気、なくなっちゃった？」

「それも違う！」

「じゃあ……葵ちゃんとエッチしちゃったことを気にしてる？」

「う、え……っ!?」

透真の露骨な動揺を見ると、愛理は小さく苦笑いだ。

「やっぱりなんだね。葵ちゃんがわたしのふりをして透真君と会うって計画を聞いたときから、そうなるんじゃないかって思ってた」

「愛理は怒らないのかっ？　普通、怒るだろっ？」

納得できずに言い募ってしまう透真の手の甲へ、彼女は自分の両手をそっと乗せた。

その感触はどこまでもたおやかで、言葉抜きの安心感を与えてくれる。子供めいた心持ちにさせられる。

「あ、愛理……」

直後、無邪気な笑顔で提案が来た。

「わたしともエッチしてよ、透真君っ。やらしいこと、たくさんしちゃおっ？」

「は……ぁっ!?」

「前だって気持ちいいときは、頭が空っぽになったもんね。今あるお互いの遠慮なんて、きっと吹き飛ばせるよ！」

「いや、けど……！　そんな急にさぁ……っ!?」

透真は口をパクつかせる。

そこへ踏ん切りをつけさせるように、愛理が顔を寄せてきた。

——チュッ。

されたのは一瞬だけの軽い口づけだが、それゆえにファーストキスの思い出と繋がる。あのときだっていきなり性交に誘われて動揺し、キスのあとで微笑まれた。

「ね、透真君……しよっ？」

「ああ……うん、相変わらずなんだな、愛理は」

たったこれだけで——透真は何もかも纏めて、上手くいきそうに思えてきたのであった。


感動の再会から、まだ三十分と経っていない。

だが静謐（せいひつ）であるべき茶室の中、官能の声は愛欲たっぷりのものとなっていた。

「ぉ、くっ……この感じっ、いいな……っ」

「んふっ……でしょっ、でしょっ？　ぅあむっ、は、んむぅうっ！」

透真の方は上ずって、愛理の返事はくぐもり気味だ。

なぜなら、二人が始めたのはシックスナイン。四つん這いとなった愛理は、仰向けの透真の上へ乗って、そそり立つペニスを口に咥えている。

すでに着物も帯を解かれ、中の襦袢もろとも全開だった。ブラジャーはまだ残っているし、袖にも腕が通ったままなのだが、裾は盛大にまくれ、ショーツだって床の上にある。

汗ばむ双丘どころか、脆そうな谷間、さらに排泄物の出口まで外気にさらされて、薄い尻は口淫と連動しながら、何度も上下に弾んでいた。

「んんぅうっ！　とぉま君のっ……おひ×ひんっ……前よりおっきぃ、よね……っ！」

愛理のやり方は昔と変わらない。

経験不足を行動力と器用さで補いながら、左右へ走らせる舌で、牡粘膜の広範囲を磨く。縦方向へ踊る動きのときは、鈴口から脆いエラの窪みにかけてを連続で弾く。

体位の関係上、舌の細かなザラつきがぶつかるのは亀頭の表側だった。ペニスだって反っているから、透真は切っ先を恋人へ突きつける格好となり、舐め回された粘膜内の神経が、今にも燃えだしそう。

「んっ、ぷはっ……！　ねっ、透真君っ……これ、上手くいってるかなっ？」

「ああっ、うんっ！　俺っ……愛理にされてることの全部が、気持ちいいよっ……！」

透真は指遣いを緩めて答える。

これで愛理もやる気を高めたらしく、即座にペニスを頬張り直した。

もはや舌を蠢かせるだけではない。唇をすぼめて竿を包囲したら、肩ごと顔を浮き沈み。熱っぽくしごく動きまで始める。

「んくぅぅうぶっ！　ふ、ぶぷっ、ん、ぷっ、ぷぶっ！」

唇に巻き込まれた空気が品のない音を立てても、気にかける素振りは無かった。竿の皮をスプリングさながら操って、牡の快感を跳ね上げることに注力だ。

おかげで伸縮する亀頭へも、さらなる肉悦がギュウギュウ押し込まれた。

「ん、くっ！　ぅあっ、愛理のここもっ……ずいぶん濡れてきてるよなっ……！」

透真は爆ぜるような刺激に耐えて、ねちっこい指戯を再開させる。

大陰唇はやっぱり柔軟で、色つやも少女の頃のままだった。というより、明るい中で見るから、日焼けしていない肌が覚えている以上に愛らしい。

反面、小陰唇は身体の成熟と共に厚みを増して、淫猥さを醸し出していた。殊に充血しはじめている現在は、小悪魔っぽく舌なめずりするかのよう。

しかも、大小揃って濡れそぼち、全体が煽情的な熱を持つ。

透真は甘酸っぱい女の匂いを嗅ぎながら、割れ目を左手で広げ、出てきた穴周りを、右手の指の腹で捏ねていた。まだ挿入まで至っていないものの、膣口は積極的に歪ませる。

思えば、割れ目の奥まで観察するのは初めてだ。

隠れていた媚肉は透明感のあるピンク色で、ご馳走さながらに青年の劣情を誘う。こぼれる汁が、そこに粘っこい光沢を付与した。

とはいえ弄られる穴自体は、変形しながらもまだ、男根の入り口だなんて思えないほど小さかった。

ちなみに陰毛は、縮れながらこんもりしている。未だに妹よりも手入れへ無頓着らしく、愛液をたっぷり吸い上げた黒い茂みは、肌へとへばり付いていた。

透真は当てた指先を小刻みに振動させてみる。上下左右へ膣口を押せば、愛理もヒクッヒクッと腰を揺すりだした。

「んふぁむっ！　ひうっ、んぶっ、く、ぷふっ、んふぅううんっ！」

振れ幅は大きく、指との摩擦を増幅だ。かと思えば、彼女は接触を長引かせたがるように、下半身を固めたりもした。

そんな動きと合わせ、折れ曲がった美脚も締まっては緩む。表面が瑞々しく張っているため、細い割にムッチリした印象が強く、透真の両脇でうねる様がはしたない。

そろそろ頃合いだろう。

そう考えて、透真は指を鉤状に曲げた。ただし、膣内はまだ弄らない。入りそうで入らない位置関係を保ちながら、穴周りをカリカリ引っ掻く。

それは奉仕へ前のめりな愛理と逆で、快感の陰に歯がゆさをじっとり残す、少し意地悪なやり方だった。

お預けを食った秘所も、涎さながらに愛液の量を増やし、透真の顔までポタポタ垂らしてきそう。

やがて待ちきれなくなった愛理は、フェラチオを中断してまで懇願してきた。

「と、透真くぅんっ……ちゃんと奥まで っ、入れてよぉっ……！」

「ならっ……強くやるぞっ……」

透真は陰唇といっしょに膣口まで広げ、右手の人差し指を潜らせた。

途端に内側の体温と蜜で、皮膚を蒸されだす。

「ん、くっ！　愛理の中っ、やっぱり熱いな……！」

しかも、牝襞が我先に纏わりついてくる。その脈動ぶりたるや、まるで消化の下準備だ。

これでは攻め込んだ透真の方まで、末梢神経がこそばゆい。

ただ、愛理にやり返している自覚など無いらしく、これまで以上に下半身を強張らせた。

「はぁああっ！　あっ、んぅううっ！　あ、熱いのは……ぁっ、わたしよりも透真君っ、だよぉおぉっ！」

数年越しの異物感へ酔いしれるように、嬌声を長く引き伸ばす。

その間に透真も奥へ進んだ。蠢く肉壁を押せば、その分だけ指の腹が沈み、曲がった関節も反対側へ引っかかる。

「っ……ぁ、熱いのは愛理の方だって！」

彼が言い返せば、愛理は上半身を横へ揺らして、即座に否定だ。

「ち、違うよぉっ！　透真君の指なのぉっ！　だってっ、こんなっ……こんなにぃっ……されてるわたしがっ、ウズウズしちゃうんだからぁっ！　おち×ちんの方もっ、湯気が立っちゃいそうなんだよぉっ……!?」

言うだけ言って、ペニスをまたしゃぶった。今度はより深くまで亀頭を導き入れ、口蓋垂までぶつけてくる。

「んぐぅうっ！　ひ、ふぶぅううっ！」

声音にえずくような響きも混じったが、ここでブレーキを掛けないのが愛理だ。彼女は唇で竿を押さえ、さらなる速度で男根をしごきだした。

「うくぐぅうんっ！　ひぅっ、ぇっ、えぐっ、ほぐぅううっ！」

勢いが乗るから牡肉と口蓋垂の衝突は凶悪になり、内頬と舌も咽せるように狭まる。

だが、愛理はそれすら利用して、亀頭を捏ねた。竿の皮を伸縮させた。

「く、ぅ、うううっ!?」

これ以上、緩慢な指戯にこだわっていたら、やられっぱなしになってしまう。透真も大人の顔をかなぐり捨てて、泥遊びの心地で膣内をかき混ぜだした。

膣壁を傷つけないように気は配るが、屈伸の動きも織り交ぜて、人差し指をふやかす危険なヌルつきへ挑んでいく。

「ん、むっ！」

口元へ垂れてきた愛液は温かく、やはり愛理の方が熱いと確信を持てた。

それを本人へ思い知らせるために、中指まで追加だ。膣壁は今も狭く、人差し指だけでもそうとうきつい。だが倍の広さへ拡張し、二本の指を好き勝手に曲げては伸ばした。

「んくふぅうううんっ！　ひぶっ、ぃひぅううぷっ！」

愛理もふしだらにわななくが、一瞬あとにはリードされた分を取り戻すべく、いっそうのひたむきさで口と舌を使いはじめる。

竿の皮といっしょに裏筋も伸ばし、亀頭をベロベロ転がした。エラの窪みをすり鉢さながら、我慢汁と唾液を混ぜる場に変えた。悪あがきめいたそのやり方は、快楽に流されそうな自分を保つ拠り所でもあるようだ。

「くっ、おっ……愛理っ……すげっ……それっ、すげぇっな!?」

透真だって、唸りつつも愛撫はやめない。

弄るうちに気づいたが、愛理が最も反応するのは膣の奥、臍寄りの辺りらしい。だから、そこを重点的に責める。

ただし、他の部分だっておざなりにはしない。一番のウィークポイントで悦楽が強まれば、他の場所だって刺激が肥大化するはずだ。

「愛理っ……こういうやり方っ、どうだっ!?」

しかし、聞いても返事はなかった。愛理は酸欠寸前の追い詰められようで、一心不乱にフェラチオをしつづける。

「んくぅうっ！　ひぶっ！　ふぐっ！　んんぅううむぅうっ！」

「くっ、うっ、ぅぅううっ！」

透真は押し寄せる快楽を食い荒らしながら、愛理の焦燥を思い描いた。

美貌はきっと、興奮で真っ赤だろう。眉間に皺を寄せ、目はキュッとつぶっている。

その想像を燃料に、彼は左手の位置をずらした。

次の標的は、陰唇の上端寄りにある極小の突起、陰核だ。

大きさは小指の先以下で、豆の莢を思わせる包皮に守られていて、いかにも触れてはいけない部分のよう。

それでも皮を指の端で剝き、愛液を広げた左手の指で、軽く、本当に軽く、クリトリスを撫でてみた。

たったこれだけで、愛理は悶絶してしまう。

「ふぐんぅううっ！　ひ、ぃひぃいあっうぅうんぅうっ!?」

全身を竦ませながら、しゃぶりつづけたペニスまで吐き出しかけていた。それはギリギリ堪えているが、リズミカルな抽送はもはや難しそう。

「ぃ、痛かったかっ！　今のじゃ駄目だったかっ!?」

透真が指を遠ざけて聞けば、彼女はぎこちなく首を横へ振った。

「続けても大丈夫かっ!?」

この質問には、躊躇う気配のあとで頷いてくれる。

「わかった……っ！　つ、続けるからなっ！」

透真は左手をクリトリスへ戻した。なぞり方は一回目より丁寧にしたが、愛理は再度、切ない身震いだ。

「んんぅううっ！」

秘所も縮こまって、埋まっていた二本の指を、熱く絞ってきた。

「くっ、うっ！」

透真の方まで指と股間がどうにかなりそうだが、もうストップしない。

むしろ、愛液を粘膜の内まで練り込まんばかりのしつこさで、陰核を縁取りにかかった。併せて人差し指と中指も、膣内で暴れさせた。

グチャグチャッヌチャッ！　水音を卑猥に響かせ、恋人の弱点を中と外から挟み撃ち。

愛理も肢体をのたうたせ、突っ張らせながらギクシャク反らした。かと思えば、尿意を追い払うような痙攣もして、明らかに意思と無関係の動き方だ。塞がった口から溢れるよがり声も、パニック寸前の危なっかしさとなる。

「ひぃいいんっ！　んひっ、ひひぃいうっ！　ぅへあっ！　ぁっ、あぉぅうっ！」

もはや彼女にできるのは、しなやかさの失せたフェラチオへのめり込むことのみだろう。

もっとも、透真も射精を先送りしようとは思わない。今ある多幸感を抱えながら、絶頂までひた走りたい。

「愛理っ……俺っ、このままイッていいかっ!?」

唾を飛ばして質問すれば、愛理は勇気づけられたように頷いた。自身の喜悦を押し返すみたいに唇を肉幹へ当てながら、フック状に曲げた舌を、何度も何度もカリ首へ引っかける。

これで透真も、電気信号の逆流めいた疼きに振り回された。

「つあっ！　だったら俺っ……イクよ！　愛理の口でイクからっ！　愛理もっ……俺でイッてくれっ！」

最後に彼は、後頭部を浮かせ、ぐしょ濡れの割れ目へむしゃぶりついた。

もはや、どこをどう責めようという計算も無く、唇で秘所全体を挟む。膜ができるほど厚くまぶしておいた愛液を、ジュルジュル啜り上げた。

指で触れても気持ちいい牝粘膜は、舌で擦れば格別で、暴走中の味覚と嗅覚だって、牝のしょっぱさとフェロモンめいた匂いに刺激される。

「んんぐっ！　ふぶっ、むっ、ぅううんんぅうっ！」

当然、口だけでなく、指も使いつづけた。下手なバタ足みたいにのたくらせ、蠢く襞を引っ掻き回す。陰核へは、指の腹をブラシさながらに使う。

それらが無遠慮なまでに、愛理をオルガスムスへ追い立てた。

「ぃヒぅううんっ！　わたっひっ……ィふぅうぅぅうっ!?　んぐふっ！　ぅえっ、ぇっ、えぐぅうううぅうふっ!?」

四つん這いの彼女は、まるでペニスの上で土下座するみたいだ。そんな令嬢らしからぬ姿勢で痙攣するから、怒張の根元に至ったままの唇で、捕らえた竿の皮を限界まで伸ばしつづける。濡れた秘洞も残りの力をかき集めたように、二本の指を食い締める。

女体のわななきは、肉幹の底から精液をグイグイ引き上げた。子種は尿道を突き抜けて、熱い口内へ躍り出る。

「んぐぶぅううっ！　ひぶっ、ぅえふっ、んぁうぅううぅうぐっ!?」

愛理はイッたところでザーメンを流し込まれて、突っ伏すような体勢から立ち直れなかった。食道が強張るせいで液塊を飲み下せず、さりとて吐き出そうとはせず、汚濁を舌の上へ溜め込んだまま、全身を引き攣らせる。

むしろ、エグみに味蕾を制圧された瞬間、二度目のエクスタシーが訪れたらしい。

責める立場に回っていたはずの透真も朦朧となり、硬い畳が沼のように感じられた。

ペニスは上へ釣られる気分なのに、背中は深みへズブズブと沈んでいきそう。

これは確かに愛理が言ったとおり、遠慮など吹き飛ばしてしまう法悦だった。

ふしだらに果てたあと、息を整える時間をたっぷり取って、愛理は身を起こした。

さらに透真の上から退き、膝立ちで彼を見られるように、身体の向きを百八十度変える。

「ふふっ……わたしまた、透真君とイケたんだね」

着物の前を右手で重ねつつ、喜びを反芻する口ぶりだ。

その眼差しは今も潤み、頬は上気しながら色っぽい。

結い上げられた髪なんて型崩れの一歩手前で、汗だくの額や首筋へ、ほつれ毛が艶めかしく張り付いていた。

「……お互い、すごいイキ方だったよな」

透真も上半身を起こす。

と、愛理が畳へ左手を置き、身を乗り出してきた。

「ねえ、透真君、もう一回しようよ……っ」

「お？　ええっ？」

口調は可愛いが、言うことはあられもない。

「余韻とか風情（ふぜい）とかぜんぜんなしだなっ？」

その突っ込みに、彼女は牝豹さながら、右手まで身体の前へ置いた。

「だって、すごく久しぶりなんだもん。ちゃんと繋がりたいよ。というわけでぇっ……もう一度横になってみてっ？」

ここまでやる気になられたら、透真もＮＯなんて言えない。本当は彼だって、愛理をとことん感じたいのだ。

「えー……お手柔らかにな？」

形ばかりそう言って寝そべると、愛理は着物の袖から両腕を抜き、青年の腰を跨いだ。

「だーめ、今度はもっと頑張っちゃうからね？」

彼女の肩にはまだ襦袢があったから、和のイメージも多少残る。とはいえ、肌着は汗を吸って透けかけて、茶室へ入ってきたときの清楚さとは比べるべくもない。

そんなしどけなさへ透真が気を取られるうちに、愛理は右手で大きいままのペニスを引き起こした。

「ぅうっ……!?」

接触が半ば不意打ちとなり、浸透してくるむず痒さは強烈だ。

愛理も、次こそ自分がリードできると確信したように口の端を上げて、濡れたままの秘所を寄せてきた。

「入れる……ね?」

「んっ、あぁっ……来て、くれ……っ」

青年の返事を待ち、小陰唇が鈴口周りにあてがわれる。しかも、亀頭と膣口の位置を合わせようと、愛理は下半身を前後させはじめる。

「く……ぅうっ!」

陰唇の引っかかり方へ強弱がつくと、刺激も寄せては返す波みたいになった。

ただ、愛理も悩ましいらしく、眉をしかめつつ、顎を引く。締まった腰まで、不安定にしならせだす。

「はっ、んぅうんっ!」

陰唇が牡肉と接しながらグニグニたわむのも破廉恥で、透真はあちこち目移りしそうだった。

さらに膣口が亀頭を捉え、己の深みへ呑み込みはじめた。

「うぁっ……愛理……っ！」

透真の意識は、一瞬でそちらへ引っ張られる。

ズプッ、ズプッ、と秘唇の下がり方は遅く、男根へ着実に熱を広げてきた。

加えて、馬乗りの姿勢のため、腰や腿にも力が入る。密集する襞にさらなる質感をつける。

もっとも、愛理のゆとりはますます失われ、妖しいかすれ声がこぼれていた。

「は、んんぅっ……透真君がっ……入ってくる……よぉぉっ……！」

美貌を艶めかしく紅潮させて、中腰でプルプル震える太腿も辛そうだ。

この際どいペースを仕切り直すためだろう、彼女は一回、大きなわななきを挟む。

「んぁっ……あうう！　す、すごいぃいっ！」

喉へ詰まったもの吐き出すように叫んだ。それから改めて、節くれだった硬い竿をヴァギナに収めていく。

身に余る剛直へ貫かれながら、もはや肢体は止まらなかった。遮る障害物もないままに、一定のリズムを維持だ。

「やっぱり、おち×ちんっ、昔よりおっきくなってるのぉ……っ！　で、でもぉっ……こんな太いのにっ……入っちゃうぅぅうっ！」

――どうやら、葵が言った処女膜の再生というのは、自分が未経験なのをごまかすための嘘だったらしい。

ともあれ、愛理は弾力たっぷりな子宮口近辺の肉壁まで、男根へかぶせきった。

「んはぁっ……ぁあんぅうっ！」

「お、う……うっ！」

急所を圧迫されて、透真も再び呻いてしまう。もはやエラや裏筋、竿の根元近くまで、高温多湿の中で揉みくちゃだ。

とはいえ、動きを愛理に委ねていたせいか、彼女より早く立ち直れる。

「愛理っ……！　きつくないか……!?」

気遣いの声を掛けてみる。

「平気ぃっ！　透真君にたくさんしてもらったあとだしぃ……っ！」

愛理も活を入れられたように、金縛りから抜け出した。快感とわずかな痛みが膣内で混在しているせいか、表情はほとんど泣き笑いだ。

そのバランスを快感の方へ傾けるために、透真は彼女へ頼んでみた。

「……愛理、下着の前も開いてくれよ……っ」

襦袢から覗くブラジャーは、シャツと似た形で押さえる面積が広く、前面にファスナーがついている。たぶん、身体のラインを隠せる和服専用のものなのだろう。

「うん……いいよっ」

愛理も頷き、手を胸元へ移した。微かな音を立ててファスナーが開かれれば、抑えられていたバストは瞬時に丸みを取り戻し、布地を下から押し上げる。それだけで透真にも、二つの張り具合がわかった。

しかも、愛理は扉みたいに、下着の合わせ目を広げてくれた。

満を持して登場した乳房は、妹より一回りほど大きく、盃というよりお椀型だ。

それだけに、ふっくら柔らかそうで、表面に浮いた官能的な血の気と汗までが、融解の前触れめいている。

ただピンクの乳首だけは、頂(いただき)でツンと硬そうにしこっていた。

「愛理、触っていいかっ？」

「うんっ！　透真君が言わなければ……っ、わたしからお願いしようと思ってた……！」

「だったら手加減しないぞっ！」

透真は斜め上へ両手を差し伸べた。

二つの膨らみを鷲摑みすれば、すぐさま手のひらへ弾力が返ってくる。しかも押した分だけ凹むから、丸みは愛撫へ可愛くフィットした。潰れる汗も密着感を強調し、病みつき間違いなしの揉み心地だ。

「ぁあうっ！　と、透真くぅん……っ！」

愛理の声まで耳に心地よく、青年の情欲はいよいよ募る。

彼は膨らみを根元から押さえたまま、浮かせた人差し指と親指で、乳首も両方とも挟んだ。

未熟な果実を連想させるその指触り。葵を抱いた透真にとって、すでに未知のものではないが、乳肉とセットで味わうと、コリコリした硬さがいっそう際立つ。

愛理も感電したように肩を捩った。

「ひぁああっ⁉　あっ、やっ、胸ぇっ！　ビリビリするぅうっ！」

自分が欲していたくせに、彼女の身振りは狼狽えていた。それほど二点へ練り込まれた痺れが大きかったのだろう。

しかも、もがくような動きは膣内のペニスまで揺さぶって、透真の疼きを跳ね上げた。

「くっ……！」

青年も顔を歪めかけるが、あえて平気なふりで問う。

「胸っ……そんなに感じるのかっ？」

「うんっ！　う、うんっ！　先のところがっ一番痺れちゃってるぅ……っ！」

この答えで方針が決まった。

さっそく透真は、乳首を重点的に転がしはじめる。人差し指の腹を乗せて、円を描くような圧迫もする。

それに中指から小指にかけても休めない。乳房全体をムニッと縦長にひしゃげさせれば、視覚と触覚で愉しめるうえ、乳首をもっと前へ押し出せる。そこを爪の先で引っ掻くたびに、愛理はのけ反りながら打ち震えた。

「やぁんっ！　わたしの胸ぇっ……き、気持ちいいのでいっぱいだよぉおっ！　もぉっすごく感じちゃってるのにぃい……！　あっあっ、まだ入ってくるぅうっ!?」

「ああっ！　このままっ、どんどん詰め込んでいくよっ！」

言い返す透真は、膨らみきった風船へさらなる空気を注入し、パンク寸前まで追い込む気分に陥った。

しかし、受け身になりかけた愛理も、青年をよがらせるという当初の目的を思い出したらしい。

「わ、わたしだってて っ、動くからねぇっ!?」

裏返った声で宣言するや、ヒップを前後左右へ動かしだした。

その仕草はベリーダンスめいた妖艶さで、着ている襦袢とアンバランスだ。だからこそ、歪な倒錯感へ直結し、セックスとストリップを一度にやっているみたいになる。

何より肉壺内では、熱い膣襞と男根が押し合いへし合いで、乳房以上に快感が充満していた。

「あ、愛理っ……その動き方っ、いいなっ!」

透真は神経がまとめて異常をきたしそうだ。しかし、それでも胸を揉みつづけた。怒張を振りかざし、最高の位置で想い人の痴態を視姦した。

「だったらっ、もっとすごいこともっ、やっちゃうから……ぁンっ!」

調子に乗った愛理も腿へ力を集め、グラインドさせていた秘所を持ち上げだす。無数の襞でカリ首を捲るように磨き、官能の疼きを一気に強める。

「く、おぉおっ!?」

透真の目の前で、白い火花が散った。

とはいえ、より痺れてしまうのが愛理の方なのは、ここまでの流れと変わらない。

「ふぁあぁやっ！　おち×ちんっ、グリグリ当たるぅうっ!?」

彼女は半端な上昇をしただけで、また秘所を下ろしてしまった。

「はぁあっ、はっ、ひぃいんっ！　こ、これ凄すぎるよぉお……っ！」

荒い呼吸と泣き言を漏らしつつ、どうにか気合を入れ直して、また肢体を浮かせにかかる。

「ふぁああっ！　やっ、やぁぁんっ！　どぉっ、透真君っ！　気持ちいひぃいっ!?」

質問を甲高く跳ねさせて、肉棒を上へと擦っていく彼女。

そんな一途な恋人を、透真はもっと鳴かせたくなった。

「ああっ、気持ちいいよっ！　それに感じてる愛理がひたすら可愛いっ！」

彼は答えながら腰を揺さぶって、襦袢姿を内側から乱しにかかる。狭い膣壁を無理やり開拓すると、自分も牡粘膜が焦げるよう。だが思考力まで麻痺するために、愛欲のみを研ぎ澄ましていけた。

「はっ、やっ、んあぁあっ！　そ、そんなのされてたらっ、上手く動けないよぉおっ！　わたしっ、脚に力が入らないんだからぁあっ！」

愛理は横倒しになりそうなほどバランスを崩し、やっとのことで怒張が抜けきる寸前までこぎつけた。

直後、上がるときの倍近い速度で、蜜壺を落としてくる。

ズズッ！　ズズズズゥッ！

濡れ襞も滝さながらに、突き出されていた亀頭粘膜へ次々ぶつかった。肉壁が縮こまったままだから、透真も一瞬、責められるだけの側に堕ちる。

「うぉあっ！　うぅうあっ!?」

もっとも、愛理は強まりすぎた快感で、踏ん張れなかっただけらしい。

よがり声をさらなる大ボリュームにして、暴れ馬から振り落とされる寸前のようにのけ反っていた。

「んはぁああっ！　やっ、やぁぁあっ！　当たるぅううっ！　気持ちいいのがぁぁはっ、と、止まんないよぉおおっ!?」

直後、子宮口と鈴口がディープキスだ。双方へ爆発的な官能の衝撃を伝える。

「つ、くぐぅううっ!?」

「ふぁはぁあんっ！　透真君っ、透真くふぅうんぅうっ！」

ペニスを振り回せなくなった青年の上で、愛理も全身をヒクつかせていた。とはいえ、律動を諦めてはいない。

「ふぁああんっ！　わたしだって成長できてるってっ、透真君に見せるんだからぁあっ！」

秘めた負けん気を発揮し、彼女はまたも腰を浮かせた。

張り出すエラへ肉襞をじゃれつかせ、膣口の裏側まで急接近させたら、やっとまともな律動を開始する。

ただし下がる勢いは、無茶だった一回目とほぼ同じ。さらに上がる動きまで、開き直ったようなハイペースとなる。

決して身体が慣れたわけではないし、受ける痺れはすさまじいのだろう。彼女は片道ごとに狂おしく痙攣した。

「うぁああっ！　おち×ちんがぁっ！　透真君のおち×ちんがぁあっ！　わたしの中っ、グリグリ突き抜けてくぅううふっ!?　ひぉあああっ！　奥っ、今度は奥に来たぁぁあはっ!?」

透真も鈴口を真上から打ち据えられて、愉悦で弱った竿が寸詰まりに変形しそうだ。しかし彼は全力で堪え、愛理の右乳房から手を離した。

かすみそうな目を陰核に凝らせば、淫らな突起は今も包皮が剝けたまま、抽送で目まぐるしく位置を変えている。

透真はそこへ親指をかぶせた。

途端に女体の上下が、摩擦を派手なものにする。愛理も自分で弱点を嬲る羽目になって、断末魔めいた絶叫だ。

「ぅあぁああっ！　あひっ、あひっ、ぅあひひぃいいひンっ！　とっ、おぉっ、透真っ……くぅううんっ！　わたしぃいっ、気持ちいいのがいっぱいでぇ……ぇえっ！　かひっ、か、身体中ぅぁあんっ！　身体全部がぁぁっ、悦んじゃってるぅううっ!?」

　そこへ透真は指示を飛ばす。

「愛理っ、右の胸は自分で弄ってくれっ！　お前が一番気持ちいいと思うやり方っ、見せてくれっ！　俺っ……それを真似するよっ！」

「うぁっ！　えぇえっ!?」

　これ以上ないほど悶えているところで、もっと恥ずかしい姿を見せろと言われたのだ。

　愛理もたじろぎかけたが、躊躇いは数秒にも満たず、枷（かせ）のように曲げた右手の指で、タプタプ揺れていた右乳房を摑んだ。

「見て、ぇえっ！　わ、わたしぃいっ、自分でするときはっ、こういうふうにっ、するのぉおおっ！」

彼女は乳首を左右へ捩じり、痛々しいほど引っ張る。

そのくせ、すぐ焦れったそうに叫んだ。

「駄目ぇえっ！　透真君の手の方がいいのっ！　自分でやるんじゃゃっ、足りないよぉおっ！」

「わかったよ！　俺も今からそういうふうにやってみるっ！」

愛理の手つきは乱暴だし、左乳房へも荒っぽくしてよさそう。

透真はふくよかな曲線へ指を食い込ませ、根元からたくし上げるようにしつこく解した。乳首も愛理の指戯を真似て、短いストロークでしごきまくる。

愛理もこれに反応し、空いていた手で、青年の愛撫を上から押した。

「ふぁああっ！　いいっ！　透真君の手ぇっ、き、気持ちいいぃいいひんっ！　ねぇっ、もっとぉおっ！　もっと苛めてよぉああっ!?」

「了解だっ！」

乞われた透真も母乳を引き出すぐらいのつもりで、ピンクの突起を捻る。

さらに、頼まれていないペニスの動きまで、膣の内で復活させた。

今度は、さっきみたいな半端な腰遣いで済まさない。膝を曲げ、足の裏をしっかり畳へ押しつけ、踏ん張りやすい姿勢を取ったあと、蕩けたヴァギナを抉り上げる。

だから復活というよりも、暴走と呼ぶ方が正しい。

彼は降りてきた子宮口を穿ちながら、道中の襞も攪拌し、隅々まで肉悦を植えつけた。

「んひはぁああっ！　ひおぉおっ、ぅはぉおおほぉっ!?」

「愛理っ……俺っ、俺も動くからなっ！　お前が感じる限りっ、頼まれたって止めないからなっ!?」

愛理が悶絶してもなお、終点の肉壁をほじりつづける。

ただし、透真のペニスへも許容量を超える肉悦が蓄積されて、抽送を加速させるほどに猛毒じみてきた。

尿道の堰も子種の群れに突き破られかけており、無性に泣きわめきたい。

だが、肉欲が混乱を凌駕していると、獰猛なピストンをやめられない。

愛理も愉悦が高まり切ったはずのところで、さらに弱点を踏みにじられて、なすすべもなくよがる。

「うぁああっ！　わたしっ、頭がグチャグチャなのぉおっ！　無理っ、もぉ無理ぃいいいひっ！　イッちゃうのっ！　駄目なイキ方しちゃうぅううっ!?」

「愛理っ、イッてくれっ！　俺もっ、俺もイキそうなんだっ！」

透真は彼女へ呼びかけながら、乳房と乳首を責め立てた。陰核へかける親指の圧力まで強めながら、掘削機よろしく腰を振動だ。

切羽詰まったペニスの小刻みなバイブレーションは、さらなる力を精子へ送り込んだ。

これで発射に至らないのは、尿道が目詰まりを起こしたせいかもしれない。そう思えてしまうほど、喜悦が股間へ雪崩れ込んでくる。

とはいえ、呼びかけは忘我の境地にあった愛理へ届き、彼女は天井を見上げながら、声を張り上げた。

「透真くぅうんっ！　ぅわっ、わたしぃいっ、イッていいのぉおっ？　こっ、こわっ、壊れちゃうかもっ、しれないのにぃいいっ!?」

「ああっ、いっしょにイこうっ！　二人で駄目なイキ方しちまおうっ！」

青年の力強い返事を受けて、女体のピストンはまた加速した。しかも、腰を持ち上げながら左右へ捻る。落としながら前後へくねらせる。

愛理は抽送とグラインドを一度にやってのけていた。このラストスパートが蛇口さながら、ザーメンの群れへ怒濤のスタートを切らせる。

「あ、愛理ぃいいいっ！」

肉杭を外からも中からも嬲られた透真は、最後に愛理へ応えるため、肉壺の最深部へ亀頭を突っ込んだ。

そこで、子種が鈴口をこじ開ける。子宮口へ流れ込む。

「うえぇぇへぇぁおおっ！　ひぃおおおうっ!?」

牝襞を一際強く攻撃されたうえ、秘洞の髄まで征服された愛理の方も、襦袢付きの肢体をえび反らせながら、アクメの絶叫を放っていた。

指も、もぎ取らんばかりに右の乳房へ食い込ませる。肉壁は縮こまって、達している最中の屹立を抱きしめる。

「ううああっあはうっ！　あっあっあっぅぅうぁはあっ！　うぁぁっあっやぁぁぁはあっぁあああおぉおおぅうぁぁあああああっ！」

「つおぉおうっ!?」

透真も竿の底に残っていたザーメンまで汲み上げられて、意識がホワイトアウトしかけた。

あまりに気持ちいい。イク、イク。射精しながら、またイッてしまう。

もはや、自分達はあと戻りできないどこかへ踏み込みかけているのかもしれない。

そんな慄きさえ抱いてしまう、痛烈な絶頂だった。

やがて――、

「ふぁ……っ、あっ……う……っ」

イキきった愛理の身体は脱力し、透真の上へ倒れ込んできた。

「はぁっ……ぁはっ……ぁぁあはっ……と、透真君……大好きぃ……愛してる……よぉぉぉ……っ」

「愛理……っ……ぅ、ぅうう、ふ……ぅ……俺もだ……お前を愛してる……！」

もう二人は身を重ね合ったまま動けない。極度の疲労に手足を支配されて、ただ荒い呼吸を繰り返すのみだった。


「なあ……愛理は冬眠症が治ってから、どんなふうに過ごしてるんだ？」

身体にこびりついた諸々の体液をシャワーで流した透真は、愛理と並んで湯に浸かりつつ、今まで聞きづらかった疑問を口にした。

御影家の浴槽は、透真のアパートにあるものと比較にならないほど広い。二人で入り、脚を真っすぐ伸ばしても、たっぷりスペースが余る。

愛理は青年の腕に己の肩を擦りつけながら、得意げに笑った。

「わたしね、女子大生になったんだよっ」

「へぇっ、高認を取ったのか？」

「うん、治療中にクリアしたのっ」

定期的に行われる公的な試験へ合格すれば、大学の受験資格となる。

だが、出題範囲は広いし、病気中では大変だったろう。

しかも、そこまでは前段階だ。志望校へ受かるため、愛理はまた数倍の勉強を重ねたに違いない。

「……努力したんだなぁ」

「時間はたくさんあったもん。透真君と会ったせいで堕落したなんて、お母さんに言わせたくなったからっ」

「理事長、か……」

彼女の口調は屈託ないが、透真は自分たちの行く手に立ちはだかる一番の壁を思い出してしまう。

愛理の母は安城学園の理事長だ。正しさを追求する教育者にして、透真の雇い主でもある。

その態度は前より軟化した——と、葵は電話で言っていたが、ふだんの堅苦しさを知っていると、額面どおりに受け取りにくい。

「お母さんのこと、やっぱり気になる？」

「そりゃあな」

葵とだって微妙な関係だ。いくら本人から忘れてくれと頼まれても、割り切れるはずがない。

だが。

「愛理……俺も頑張るよっ」

そうだ、もっともっと頑張って、よい道を探す。

愛理といっしょなら、やれるはずだ。


──わたし、紅茶を用意していくね。

愛理にそう言われて、風呂上がりの透真は一人、リビングのドアの前へ立った。快適だった湯の熱を身体のうちに残しながら、重厚な木製のドアを開ける。

すると、室内にはスーツ姿の女性がいて、青年が来るとわかっていたように、鋭い視線を投げかけてきた。

「再会早々、娘とずいぶんお楽しみだったようね」

この一言で、透真は頭が冷える。というか、凍り付く。

リビングで待ち構えていたのは御影静香——今、最も会いたくない人物だったのだ。

だが、鳩尾を竦ませながらも、あとずさることは寸前で堪えた。ここで折れたら愛理に顔向けできない。

「言い訳はないのかしら、小宮山先生？」

「あ、ありませんっ」

「そう……」

懸命に踏ん張る彼のところへ、静香は凛とした足取りで近づいてくる。

「すでに娘たちから話は聞いています。かつて愛理と学校で何をしたか。こっそりあとをつけた葵が何を見てしまったか。入学式の前日は、葵と二人きりで会ったわね……。あの子は何があったかごまかしているけれど、容易に想像できます」

威圧感は強烈で、口調も罪状を挙げていくかのようだ。

「幽霊話を真に受けて、生徒へ手を出すなんて、教育者失格ではないかしら？」

そこでついに、透真の正面までできた。ビンタをすれば確実に命中する近さで、静香は断言する。

「はっきり言いましょう。私はあなたを認めません」

「……っ……」

透真はまったく言い返せなかった。

葵のことまで見抜かれている以上、愛理だけを真剣に愛しつづけたという主張すら通らない。

しかし――静香の眼光が、そこで少しだけ弱まった。

「そう、私は反対なのです。ただ、治療中の愛理がどれだけあなたを想いつづけてきたか、置き手紙を残した葵がいかに後悔してきたか、私は見てきました。それに、あなたが校門の前で一途に愛理を待ちつづけていた姿も」

「え……？」

「生徒が夜中に一人でいるなんて放っておけないでしょう。ただ、ことを公にしたくありませんでしたから、金曜の夜は離れたところへ車を停めて、同行したがった葵といっしょに、あなたの振る舞いを見張ったのです」

「そ、そうだったんですね……」

まったく気づかなかった。

「繰り返しますが、私はあなたを、娘たちの恋人だなんて認めるわけにはいきません。しかし多くの生徒を見送ってきた経験上、何が幸せかなんて簡単に決められないこともわかっています。ですから今はまだ、具体的な行動を起こさないでおきましょう」

静香は一呼吸おいて、また表情をきつくした。

「いいですね。娘二人を悲しませたら、そのときこそ覚悟しなさい」

言うだけ言って、彼女は返事も待たずに部屋を出ていってしまう。

あとに残された透真は、鼓動が鎮まらなかった。

身じろぎすらできないその硬直状態は、愛理がトレイを持って室内へ入ってくるまで、ずっと続いたのである——。


「そっか、お母さんと会ったんだ」

透真をソファに座らせ、自分も隣に腰かけた愛理は、直前のやり取りを聞いて、ため息を吐いた。

「うちのお母さんって、怖いよねぇ」

「……けど、筋が通ってるのは理事長だからな。ぐうの音(ね)も出なかったってのが正確かもしれない」

透真はローテーブルに置かれたティーカップを取って、口まで運ぶ。まだ熱いから一気飲みはできないが、ほんの少し水分を摂(と)るだけでも、風呂上がりの喉に心地よい。

愛理の方は、飲む前に一匙(ひとさじ)、砂糖をカップへ入れていた。

「わたしも夜に家を抜け出しているのがバレたときは、すごく叱られたんだよ。それで透真君と何をしているかまで白状されられて、さらに怒られちゃった」

首をすくめて、彼女は紅茶を一口飲む。

「でも、お母さん、わたしと透真君の関係は、黙認してくれるみたいだから……それに葵ちゃんについても」

葵の名前を出されて、透真は顔を引き締めた。

「もし愛理が許してくれるなら、俺はあいつのためにできることも探したいんだ。これからだって、顔を合わせるだろうしさ」

「だったら、いい考えがあるよ」

「え？」

「いっそ、葵ちゃんも彼女にしちゃうのはどうかな？」

「お……おいおいおいっ!?」

透真はティーカップの中身をこぼしかけた。床に敷かれている絨毯はいかにも高級そうで、汚したらえらいことだ。

「そんなの無茶苦茶だろっ。お前との付き合いまで、理事長に禁止されちまうぞ……！」

「でも、お母さんは、透真君と二人きりで会いたがった葵ちゃんに、学校の鍵まで貸し出したんだよ……？　娘たちを悲しませるなって言ったのも、わたしだけじゃなく、葵ちゃんも大事にしろってことじゃない？」

「都合よく深読みしすぎだって！」

そういえば理事長は、何が幸せかなんて簡単には決められない、とも言っていたが――いや、違う。娘たちへの二股を許す親がいるなんて、とても思えない。

しかし、愛理は自信ありげに、透真を見つめてきた。

「お母さんの考え方はともかく、葵ちゃんはきっと透真君を大好きだよ。でなきゃ、わたしのふりをして抱かれるわけないってば」

「けど、俺はあいつのことを、愛理だと思い込んでたんだ。好意を持たれる理由なんて、どこにある？」

「葵ちゃんは夜の学園で、透真君をずっと見てたんだよ。わたしに向けてくれた温かい表情、照れた顔、絵本を読む声、全部知ってるの。これって恋が始まる理由として、十分じゃない？」

その言葉は、荒唐無稽（こうとうむけい）なのに妙な説得力があった。しかし安易に飛びつけば、愛理の周りの人間関係を壊してしまう。

「百歩譲ってそうだったとしてさ……この先、俺がお前だけじゃなく、あいつにまで同じように笑いかけて、構わないってのか？」

「うん、いいよ」

愛理は迷わず頷いた。

「ほら、前に肝試しをしたとき、言ったでしょ？　透真君と奈央さんの間へ、わたしが割り込んじゃったんじゃないかって。あれって、当たってたと今でも思う。だからね、今度はみんなでハッピーになれる形を探してみたいのっ」

持ち前のおおらかさと、冬眠症を乗り越えた人生観ゆえか——自由気ままに見えて、懐（ふところ）の深すぎる発想だった。

さらに彼女は問うてくる。

「ねえ、透真君は葵ちゃんを可愛いと思ったこと、一度もないのかな？　生徒とか、わたしの妹としてじゃなく、一人の女の子として、どう見えた？」

「それは……っ」

直球で聞かれれば、透真だって自分の心を見つめ直すしかない。立場や体面、愛理への想いなどで避けていた部分まで掘り下げていけば、答えは明らかだ。

「ああ、あいつは……可愛いよ。だから放っておけないって気持ちが、いっそう強まったんだと思う」

ちゃんと向き合いたい。そんなお題目を盾にしてきたが、根っこの部分にはそういう動機があったのだ。

正直な返事を聞けて、愛理も嬉しげに笑う。

「じゃあ、明日もうちに来て、透真君。それで、葵ちゃんが君の彼女になりたいって言ったら……」

「言ったら？」

「三人でエッチしちゃお？」

「またそれかよ⁉」

己の欲求を認めた透真でさえ、大声をあげてしまう。

しかし、愛理は真顔で身を乗り出してきた。

「だって、葵ちゃんがエッチしたのは、まだわたしの真似をしてるときだけなんだよ？　ちゃんとした形で感じさせてあげなくちゃっ」

「う……」

そのとおりだ。いくら誘導されたとはいえ、愛の言葉を連発し、中出しまでしておきながら、あのときは彼女を葵と見ていなかった。

「わかったよ。まず、あいつの本心を聞こう。それがどんな内容でも、俺は受け入れる」

「決まりだね！」

愛理はにっこり目を細めた。そして笑顔のまま、さらにさらに接近してくる。

「でも、今日だけは、わたしが透真君を独り占めしちゃうよ？　またピアノを聞いてくれる？　それとも、お茶をたてよっか？　わたし、エッチなだけじゃないんだからっ」

大人になってなお――もとい少女の頃よりも、彼女は潑剌（はつらつ）としていた。

果たして、この数年をどう過ごしてきたのだろう。よいことも辛いこともひっくるめて、透真は知りたくなった。

そのためにはまた――好きなものの教えっこから入るのが一番かもしれない。

第五章　永遠の淫輪

翌日の昼過ぎ、愛理はアパートまで透真を迎えに来た。

御影家では葵が待っているはずだから、一日経って、姉妹の役割が逆転したとも言える。

今日の愛理は私服姿で、組み合わせは春物のブラウスとロングスカート、それにベレー帽。白ワンピースや着物と比べて日常的なのがかえって新鮮で、本来なら透真も舞い上がっただろう。

とはいえ、これから葵へ会いに行くのだ。腹ならすでに括ったものの、理屈と緊張は別物で、とても能天気でいられない。

御影家へ向かう道順は、昨日と同じだった。しかし門をくぐったら、今回は真っすぐ母屋の二階へ通される。

階段を上がった先は一階と違って洋風の造りで統一されて、廊下に沿っていくつもドアが並んでいた。その一つで、先導する愛理が立ち止まる。

「ここが葵ちゃんの部屋だよ」

そう透真へ教えてから、コンコンと軽くノック。

「おーい、透真君を連れてきたよー」

「……も、もう少しだけ待って、姉さんっ」

ドア越しに聞こえてきた葵の返事は、かなり慌てた調子だった。

「あれ？　まだ服を選んでる途中だった？」

「そうじゃないけど……心の準備がなかなかできなくて……っ」

「もーっ、そんな弱気なことを言ってたら、いつまでも透真君と会えないよっ？」

この会話で、透真は茶室のことを思い出す。

「昨日の愛理も似た感じだったけどなぁ……」

何気ない独り言のつもりだったが、愛理は「うくっ」と呻いた。それからすぐに言い訳を並べだす。

「だ、だからこそ気持ちがわかるんだよっ。こういうのは、時間が経つほど恥ずかしくなっちゃうのっ」

それから妹にも早口で質問した。

「葵ちゃん、まだしばらく無理そうなら、わたしの部屋に透真君を連れていくよ？でも、待ってる間にいっぱいイチャイチャしちゃうからねっ？　壁越しに声とか聞こえちゃうかもよっ」

「ぁ……」

部屋の中で迷う気配があった。続けて、か細い声だ。

「ううん、行かないで。今、開ける……」

言葉のとおり、ドアはわずかに押し開かれ、葵がおずおずと出てきた。途端に透真と目が合って、彼女はビクッと固まってしまう。

「先生……っ」

目をしばたたかせながら、すぐには挨拶すらできない。頬までみるみる紅潮させて
——そこから一転、堰を切ったように言いはじめた。

「あっ……今日は、来てくれてありがとうございます……っ。でも、私は姉の意見に賛成したわけではなくて、その……先生の彼女とか、そういう関係は望んでいないというかっ……」

事前に何を吹き込まれたのか、口数が増えた割にしどろもどろだ。

そこで、元凶の愛理が首を傾げる。

「どうして学園の制服を着てるの？」

実は透真も、そこが気になっていた。葵は安城学園のブレザー姿で、紺色の布地が新品同然だったから、よけいに堅い感じだ。この状況に合っているとは、とうてい思えない。

「だって……！」

葵は飛びのくように両手で胸元を隠した。しかし、二対の訝しげな視線を遮れるわけもなく、躊躇いのあとで気まずそうに答える。

「真剣な話をするわけだし、一番、きちんとした服にしようって……それで、先生が昨日はスーツ姿だったのを思い出して……」

特殊な状況に即した格好を選びたくて、迷走を重ねてしまったらしい。

「まあ……いいんじゃないか？　その服も似合ってるし」

「！」

葵が再び硬直した。頬もいちだんと赤みを増して——少し怒ったように見える。

「あ、あのっ……私がどうして困っているか、先生はわかってるんですかっ？」

これが自然な反応かもしれない。

愛理のアイデアは世間一般の良識から大きく外れ、まともな感性なら受け入れがたいはずだ。

しかし、透真は頷いてみせた。

「わかっているよ。俺は御影を……葵のことも、可愛いと思う。好きになっちまったんだ」

「っ……」

目を見開いた葵は、顔を背け、肩まで震わせはじめた。

このまま決別の言葉を叩きつけられても、おかしくないだろう。

だが葛藤するような間を置いた末、微かな声が彼女の唇からこぼれ出た。

「……わ、私だって……………………………あなたを好きです……っ」

「……えっ？」

透真が鈍感に聞き返したため、彼女も吹っ切れたようだ。視線を戻して、もっとはっきり言い放つ。

「私、透真さんを愛しています！　透真さんが学校に来なくなったあとも、笑顔をまた見たくて堪らなかったんですっ」

「っ……」

透真は胸がいっぱいになって、とっさに返事できなかった。代わりに愛理が、最後の念押しをする。

「葵ちゃん、後悔しないよね？」

「……うんっ」

葵は涙の浮かぶ目元を拭い、少しだけ声のトーンを落とした。

「ごめんなさい、先せ……いえ、透真さん。先に迫ったのは私なのに、勝手なことばかり言ってしまいました。でも、自分の気持ちをもう隠せません。これからは姉さんだけでなく、私にも同じぐらい優しくしてください……！」

気丈にそう求めてくる彼女は――透真が抱きしめたくなるほどに愛らしかった。


――三人でエッチしちゃお？

昨日から出ていた愛理の提案が、いよいよ実現することになった。

葵の部屋へ連れ込まれた透真が周囲を見回せば、そこは少女趣味と生真面目さが混在しつつ、適度に整頓された居心地のいい空間だ。男の部屋と違って、何か甘い匂いまで漂っている気がする。

とはいえ、ろくに目をやる間もないまま、彼は衣類を上から下まで、計四つの手で取り払われた。愛理は乗り気、葵は丁寧、という違いはあるものの、正しく寄ってたかってという感じ。

透真だって、脱がされながら胸が高鳴りだして、その滾りが海綿体に血を送る。だからペニスは出てきた時点で、腹を叩かんばかりの屹立ぶりとなっていた。

そこから姉妹が始めたことはといえば、怒張に対する舌戯だ。

「んぁあっ、んふっ……今日からはわたしと葵ちゃんで、二倍感じさせちゃうからねっ？」

「あむっ……私、んむふ……っ、頑張り、ますから……っ」

「ありがとなっ……このまま、続けてくれ……！」

二人は、立ったまま息む透真の足元で膝立ちとなり、両側から巨根に奉仕してくれる。

愛理は竿の右側に来て、葵がいるのは姉と向かい合う左側。こちらも仲よく全裸となって、昼の明るさのなか、胸も股間も丸見えだ。

それにしても、姉妹で本当によく似ている。ふだんなら性格の差が前面に出るのだが、今は火で炙られたような頬の赤み、細かい汗の艶めかしさなどが、目立つ共通点となっていた。透真からだと死角になるものの、割れ目も揃って濡れているのだろう。

ただ、乳房は愛理が一回り以上大きい。他の部分も均整が取れて、いかにも女性らしいプロポーションだ。

逆に葵は、細く初々しいボディラインが中性的で、薄い胸は未だ発育途中。

「はぶっ、んっんっ、ちゅるるっ……昨日したばっかりなのに……ふふっ……おち×ちんって毎日、元気なんだねっ……」

愛理は肉幹の付け根を左手で握って、上向く亀頭を自分たちのやりやすい角度に固定していた。

まだ前哨戦（ぜんしょうせん）の段階だから、しごく動きは始まっていないものの、彼女はシックスナインの経験を十全に活かし、こそばゆさと紙一重の快感を牡粘膜へ練り込んでくる。溜まった我慢汁を擦り取るように、エラの窪みを舐めてみたり。亀頭から鈴口へ向けて、舌表面の微細なザラつきをねちっこく押し当てたり。

対する葵は、姉ほど自在に舌を操れなかった。そもそも口を使うなんて初めてで、参考にできる経験も、教室での一回しかない。

触れる場所は裏筋もカリ首も無差別だから、フェラチオへの抵抗はなさそうだが、力加減を掴み切れず、舌の端だけを軽いタッチで滑らせつづける。

そういえば、教室でやった手コキも、出だしはこんな感じだった。

「はぁあうっ……んぁっ、ぁあうっ……ふぁっ、ぅうんっ……」

あたかも焦らしプレイのようだし、透真はもっと強くねぶってほしい。愛理にやられる右側とのギャップも大きくなって、気持ちを両方へ分断されかける。

「ん……く……っ、ね、姉さっ……んぅうぅぁっ……むぅぅふっ……」

葵も自身の稚拙さはわかっているのだろう。テクニックを見習うように何度か姉の様子を窺っていた。が、これすら逆効果で、注意がよそへ逸れるたび、舌遣いは堅くなってしまう。

このいかにも対照的な姉妹へ、透真は声をかけてみた。

「ええと、さっ……愛理はそのままの感じで……っ、そうっ、くっ、それが気持ちいいんだ……！　で、葵は……もうちょっと強めにやってくれたら、嬉しい……なっ……」

さらに、左右の頭を慎重に撫でる。頭頂部から後ろ側へ、黒髪を梳くようにさすってみれば、滑らかな手触りでむしろ自分の方が心地よかった。

ただ、姉妹へも気持ちはしっかり通じる。

「うっ、ぁあぅっ！」

「は、ぁぁあっ……！」

愛理は張り切るように裏筋へ舌を密着させて、粘着質に圧してきた。唾液と我慢汁をブレンドさせる蠕動ぶりで、神経をビリビリと刺激だ。

亀頭表面を独占できた葵も、広範囲を舐めはじめる。まぶされていたヌルつきを潤滑油代わりに、言われたとおり勢いをつけ、牡のもどかしさを押しのけた。

「つあっ、うっ、二人ともっ……いいっ！　葵っ、どんどん上手くなっているなっ！」

「は、いっ……んぁぁっ！　ぁぁふっ……むっ、じゅるるっ……！」

褒められた葵は、さらに舌を蠢かせる。さっき姉がしたように、カリ首の掃除までやって、愉悦を肉棒へ定着だ。

「んんぅっ……こ、これぐらい強くやっても気持ちよくなれるんですねっ……おチ×ポって！」

「……っ！」

いきなり飛び出した下品な表現に驚きつつも、透真は葵へ応えた。

「ああっ、俺っ……もっとしてもらったっていいぐらいだっ！」

そういえば前回、淫語の指示を出している。彼女はそれを実践してくれたのだろう。聞きつけた愛理も、蕩けたはしゃぎ声をあげる。

「あぁんっ……おチ×ポだなんて、葵ちゃんってばエッチなんだからぁっ……」

「だって、そう呼ぶ方がいいって、前に透真さんが……っ」

「それならわたしも、同じように言うねっ」

愛理は透真へ上目遣いを向けて、舌遣いの合間に淫語を使いだした。

「透真君のおチ×ポをっ、葵ちゃんといっしょにっ、いぃっぱい舐めてあげるぅ……！　んんぷっ、ふじゅっ、ずずぅうっ！　ねっ？　おチ×ポのおツユ……ご褒美にどんどん出してぇっ！」

彼女も呑み込みが早い。大胆だった奉仕を、ますます淫靡にする。

たとえばカリ首を咥えるや、唇の上と下を互い違いにスライドさせはじめた。さらにジュルジュルと音の立つ、あられもないバキュームまで仕掛けてくる。

「んんぅうんっ！　ふ、はぶっ、ずずぞっ、じゅずずずぅうっ！」

垂れた我慢汁で顎が汚れようと、愛理はまったく意に介さない。むしろ、握っていた竿の付け根を、短いストロークでしごきだす。

竿の皮といっしょに、亀頭も張り詰めては緩み、緩んでは張り詰め、透真は四肢から力を抜けなくなってしまった。舌に弾かれる疼きまで、加速度的に鋭くなった。

と、愛理が急に顔を上げて、葵へ告げる。

「ねっ……おチ×ポの下をわたしが手でやるからっ……葵ちゃんが先っちょをやってみないっ？　それでこのカリ首……って名前の出っ張ってるところを、二人で舐めてあげるのっ」

「え、ぇっ……どういうことっ……？」

「ほらっ、こうやってっ」

愛理は使っていなかった右手を浮かせ、箒を模するように五指の先端を一カ所へ寄せた。そのまま鈴口へ乗せ、細かな動きで牡粘膜をくすぐりだす。

「お、ぅ、愛理ぃっ!?」

伸縮中の亀頭を好き勝手に転がされて、透真のこそばゆさは瞬時に飽和状態へ至った。

それでも指戯は止まらない。異常をきたしそうな官能神経を、粘膜越しに撫でつづける。

青年のわななきようで、葵も効果のほどがわかったのだろう。

「透真さんっ……私もやってみていいですかっ？」

俄然やる気を出して、前のめりで質問だ。

透真がどうにか頷けば、葵は姉に替わって、亀頭を五指で撫でくりにかかった。

まずは手本と同じく、亀頭の四方を疼かせる。我慢汁も捏ねくってグチュグチュ鳴らし――そこから自発的に、別の動きも試みだした。

「こ、こういうのでも痛くないですか……っ？」

彼女は脆い鈴口に沿って人差し指を上下させつつ、穴を広げたがるような左右の振動まで追加する。

「く、つぉっ……くふぅうっ!?」

透真が受ける痺れは、鈍痛混じりの強烈さへ変わった。だが我慢汁の量は十分だし、穴自体、昂りで緩んでいる。

「ああっ……すげぇ痺れるけどっ、もっとやってくれっ……！」

それが青年の正直な感想で、葵も「はいっ……」と嬉しそうに息を弾ませる。

「私っ……いろいろ試しますからっ……」

彼女はさらに声を高くし、透真のカリ首へ唇をかぶせた。指の方も使いつづけながら、もはや姉と張り合う熱心さで、牡粘膜をしゃぶる。吸う。ねぶる。

それを見届けた愛理も、上気した顔をエラへ戻し、大好物を奪い返すように、摩擦の快感を透真へ注ぎ込んだ。竿の付け根への律動も続行で、亀頭全体を伸び縮みだ。

「おおっ、ぅおっ、ふぉおおっ!?」

透真は股間から腰、背筋まで悩ましさに侵された。踏ん張らなければ脚が震えそうだが、力を入れればペニスを突き出すことになり、刺激も上昇の一途(いっと)。

実のところ、姉妹の愛撫はフェラチオと違って、触れてこない隙間もところどころにある。だが、その物足りなさが、かえって弄ばれた箇所の快感を際立たせた。

しかも、二カ所を啜られつつ、別の箇所を捏ねられ、しごかれるから、受ける刺激は千差万別だ。

愛理のピストンによってパクつく鈴口は、葵の指で開拓された。

葵が咥える面積を広げれば、愛理は妹の口唇粘膜まで舐め回して、レズプレイめいたじゃれ合いを披露する。

もはや触覚だけでなく、聴覚、視覚、嗅覚まで翻弄(ほんろう)されて、透真は気持ちをどこに傾けていいかわからない。

しかし、姉妹たちだって男根相手に五感を煽られ、肉欲に正直な愛理も、生真面目な葵も、薄いヒップをくねらせだしている。

「はぅうっ……とぉまくんのあじぃっ、わたひっ……すきらよぉっ！」

「んぶっ、ふぷぅうっ……おひ×ぽがっ……あついっ、でふぅうっ！」

と思いきや、愛理が自由な方の手を、自分の秘所へ下ろした。

すぐに、ヌチュヌチュと新たな水音が沸き起こる。しかもそのボリュームは、透真が想像した以上に大きい。もはや、愛液は秘所に留まらず、腿まで滴るほど多量だったのだ。

「んんぅううくっ！　ひぅうっ！　は、あぅううっ！」

くぐもっていた声からも余裕が失せて、物欲しさが手コキに表れた。動きは竿の表皮をはちきれさせんばかりとなって、透真をいちだんと唸らせる。

その変化を見て、葵まで己の秘所を弄りだした。

「はっ……ぁああんっ！　わたっひっ……ふたりのまえでっ、こんなっ、こんなやらひぃことぉっ……あっ、ぁぁんぁあぁっ……！」

もはや、指を細かく使うのなんて無理で、彼女は亀頭にかぶせた五本の指を、筒さながらにシコシコと往復させる。火照った亀頭を、姉の手コキと反対方向へ引っ張って、瓶の蓋よろしく捻りまで加えた。

「あ、愛理っ……葵ぃっ！　お、俺っ、出るっ……二人にされてっ、イ、イク……ぅっ！」

透真は責めが届かない部分の歯がゆさはそのままに、弄られた部分の悦楽のみで、射精へ至りそうだった。

その声を聞きつけた愛理は、顔を浮かせる。

「透真君っ……外へ出したら葵ちゃんの部屋を汚しちゃうもんねっ……！　わたしが……んんぅっ、口で受け止めてあげるぅっ……！」

彼女は膝立ちのままで、ヨタヨタと亀頭の前へ移る。オナニーに使っていた手で、妹の手首も自分の方へ引き寄せる。

「葵ちゃん、こっちに来て……っ！　いっしょにっ……出してもらおうよぉっ！」

葵もそれに逆らわず、同じく不安定な動きで姉の隣へ並んだ。

「だ……出してくださいっ、私っ、いくらかけられても構いませんからっ！」

そう懇願しながら、彼女は竿をしごいていた姉の左手へ、自分の右手をかぶせる。

握る力を二人分にしたあとは、牡をイカせるためのピストン開始だ。

竿の根元からスタートし、長い反りを駆け上がる。エラの段差も乗り越える。

「つぐっ!?」

痺れで透真が震える間に、亀頭まで揉み解した。そこから下がって竿の根元で皮を伸ばしきったら、また先端めがけて逆走だ。

もはや愛理たちの手が届かない場所は、男根のどこにもなかった。透真がずっと感じていた焦れったさは消滅し、張り巡らされた神経すべて、熱い快感で満たされる。

「いいっ！　愛理と葵のやり方っ、いいぃいいっ！　俺っ……で、出るぅううっ！」

透真が逞しく腰を押し出せば、姉妹も目を閉じ、逆に口は大きく開けて、先走り汁でヌルヌルの舌を差し伸べた。

「んっ、ふぁあああおっ！　だ、だひてぇえっ！」

「せぇえきっ、くださぃいいっ……！」

従順な待ちの姿勢を見せつけながら、ただし巨根の表面は、問答無用に伸ばしきる美人姉妹だ。

その感覚が決め手となって、溜まっていた透真のスペルマも、細い尿道を荒く穿った。

「う、ぎっ……ぃいいいっ!?」

透真は鈴口の裏まで疼き、飛び出た液塊は空中に濁った弧を描く。だが、命中した先は愛理と葵の口内ではなく、汗だくの美貌だった。

「んぁっ……ふぁはあっ!?」

「熱……ぅっ……ぃいいひっ!?」

一発目と二発目は愛理の額と高い鼻筋を汚し、三発目が葵の頬へへばりつく。

責める側だった彼女らも、ビクッビクッと肩を震わせ、射精が終わってもまだ、泥酔したような痴態を青年に見せつづけた。

「は、ぁぁあふっ……ふぅぅうっ……」

二人が動きだすきっかけは、愛理の吐き出す大きな息だ。

それでようやく手のひらを竿の上からどけ、互いの顔を見る。

「あ、あはぁっ……失敗しちゃったねっ。葵ちゃんの顔、ドロドロになっちゃってるよぉ……」

「姉さんこそっ……透真さんの精液がいっぱいで……すごく羨ましい……っ」

惚けた口調の彼女らへ、透真は身を屈（かが）めて呼びかけた。

「大丈夫か、二人とも？」

対する姉妹は、うっとりした視線を返してくる。

「は、はい……」

「わたし、こういうのも……いいな……」

濃密な子種はダマとなり、柔肌の上で光沢混じりに盛り上がっている。性臭もそうとうにきつい。

これを愛理たちは、抵抗なく受け入れてくれたのだ。

葵に至っては、頷いたあとで愛おしそうに粘り気を指で掬（すく）い取る。

「私……透真さんの匂いが、好きになりましたから……」

彼女は他の指も使って、下品な感触を確かめだした。

隣で愛理も、美貌に誘惑めいた気配を紛れ込ませる。

「ねぇ……透真君、すぐに続きもできるよね？」

「もちろん、やれるよ。いくらでもいける！」

透真はきっぱり答えた。

逸物だって長さと硬さをキープしているし、亀頭で渦巻く快感の残り火は、律動が止まったために、もどかしさ混じりへ戻っている。

愛理は目を細め、白濁まみれの顔を妹へ向けた。

「だってさ。よかったね、葵ちゃんっ」

「え、わ、私っ？」

「今日は葵ちゃんの想いが通じた日なんだよ？　それにまだ、お芝居抜きのエッチがまだだもんね。だから、エッチは葵ちゃん優先っ」

姉に力強くあと押しされて、葵は透真をおずおず見上げた。

「透真さんは……そ、それでいいですか？」

「んっ……こちらこそ頼むよ」

葵にはまだ少し、姉への遠慮があるらしい。

それを和らげたくて——透真は牡汁で汚れていた彼女の手を、強く握りしめた。

壁際のベッドで仰向けになりながら、葵の表情には期待と不安が色濃く表れていた。

処女を失うときには姉のふりをしていたし、今回も初体験と近い心境なのかもしれない。

「あの……よろしくお願いします……」

秘所だって、フェラチオの興奮と自慰で濡れる一方、見るからに未成熟だ。マシュマロさながらの大陰唇は透明感のある肌色だし、間から縁を覗かせる赤みがかった小陰唇には、無理に背伸びしている危うさがある。

しかも、陰毛の大部分が剃り落とされて、あどけない形をいっそうツルツルにしていた。

「透真君、優しくしてあげてね？」

「ん、わかってるよ」

ベッドの脇で目をきらめかせる愛理へ、透真は頷く。

姉に見られながら妹を抱くこの状況は恐ろしくアブノーマルだが、彼だってもう迷わない。

「……行くぞ、葵」

そう言って、怒張の付け根を右手で握り、反り返った竿を傾けた。己の手の重みに唸りつつも、愛らしい割れ目へ亀頭を押し当てる。

刹那、切っ先部分を官能の痺れに襲われた。

「くっ……！」

「ううんっ！」

葵も眉根を寄せながら、華奢な裸を竦ませる。

――絶対、この子も気持ちよくしてやるんだ。

透真は保護欲めいたものを催しながら、割れ目をかき分けた。快感も一気に強まるものの、これまでの経験を総動員すると、さして時間をかけることなく、膣内への入り口を見つけだせた。

そこからは歯を食いしばり、腰ごとペニスを前進だ。

「あ、葵……いっ！」

ズプッズプッと亀頭を埋めながら、透真は秘洞の窮屈さを改めて実感した。

四方の肉壁は牡粘膜をギュウギュウ圧して、蜜壺へ獲物を閉じ込めたがるよう。居並ぶ襞も巨根から押しのけられると、ますます食い締め方が情熱的になる。

さらに亀頭の次は、盛り上がるエラへも引っ掛かってきた。四方へ張り出す部分だけでなく、裏の窪んだところまで、執拗にしゃぶり回すのだ。

その間、亀頭も粘土細工さながらに捏ねたまま、牡の疼きを増やしつづける。

さらに太い竿までみっしり捕らえ、付け根の方へしごきだした。

「くっ、ぅうぅおっ！」

透真は毛穴が縮こまり、額にも背中にも汗が浮く。

ここまで強烈な擦れ合いだから、葵に跳ね返る刺激だって凄まじい。

彼女は腰を浮かせんばかりに突っ張らせ、肌の赤みが煮え立つようになった。その際どい印象を、涙と汗が強調だ。

「はぁあぁあっ！　とぉまっ、さ……ぁっ、んっ、くぁぁあぁうっ！」

美少女のむせび泣きを聞きながら、透真は止まることなく子宮口まで行き着いた。

終点の壁を逞しく押し上げ、自分の鈴口がたわむのを感じ取る。

「くっ……！　わかるかっ？　俺っ、お前の中に入りきったぞっ！」

肉悦に耐えて低い声を投げかけたが、葵は首まで強張って、頷こうとして頷けない。

代わりに口元を痙攣させて、ぶつ切りの喘ぎで応えようと足掻いた。

「は、いぃっ！　はいぃぃいひっ！　わかりますっ……わ、私の中ぁっ、もぉっ、透真さんのおチ×ポでっ、いっぱいになってるぅううっ！」

喉の震えと共に、尻もマットレスへ浮き沈みだ。結果、ヴァギナが縦へ揺れて、突き立つ肉棒を捻りあげた。

「ふぁあんっ！」

「く、ぅううっ！」

葵といっしょに、透真まで奇声を漏らしてしまう。

そこで見守る役に徹していた愛理が、透真の肩へ両手を添えた。葵の顔にも目を向けた。

「す、すごいねぇっ。恋人同士で繋がると、こんなエッチになっちゃうんだ……っ。ぅん、二人とも動物みたいだよぉっ」

この露骨すぎる指摘に、葵は震える両腕をベッドから浮かせ、汗みずくの目元を隠す。さらに寸断されたままの声で哀願だ。

「い、いやっ……！　姉さんっ、言わないでっ！　見ないでぇえっ！」

「ぁ……えーと。わたしも透真君に可愛がられてるときは、こんなふうになっちゃうの？」

妹の返事が予想と違ったらしく、愛理は小首を傾げて、透真へ聞いてきた。

「そう、だなっ……」

見られる照れは透真にもあった。しかし、彼はそれを熱意へ転化して吠える。

「愛理だってっ、すごくやらしいぞ……っ。俺は……そういうところも大好きなんだ！」

「あはっ、そっかっ。ね、葵ちゃん、わたしも同じなんだって。だから、気にせずエッチになっちゃってねっ？」

「う、ぅうっ……」

葵はまだ腕を顔からどけられない。最後の理性が土壇場で、見物されることへの抵抗になっている。

それを透真は、一息に払いのけたくなった。

「動くぞっ、葵っ！」

膣内で肉幹を反らした彼は、亀頭を濡れ襞へ食い込ませる。高まる痺れをねじ伏せながら、左右へもグイグイと揺さぶる。

これが功を奏して、葵もM字型に開いた美脚を、はしたなく竦ませた。

「は、ぅううっ！　んぁあんっ！　と、透真さんのおチ×ポがぁっ、またっおぉきくっ……ぅあはぁああっ!?」

吐き出されるよがり声に鼓膜(こまく)を打たれ、愛理も待ちきれなくなったらしい。彼女は美しい裸身を上下に揺らし、透真へ可愛くおねだりだ。

「透真君っ……わたしにも手で触って……っ！　透真君の指っ、感じさせてぇ！」

「わかったよっ！」

透真はそちらへ右手を伸ばした。

触れてみれば、愛理の股間はびしょ濡れで、濃い陰毛まで肌へべったり張り付いている。本人の口からも、悦びの声が溢れ出た。

「ふあっ、あぁんっ！　透真君のっ、指ぃいっ！　き、来たぁはっ！」

これなら下ごしらえもいらないだろう。ヌルつく小陰唇をなぞった透真は、易々(やすやす)と膣口を探り当て、意気込んで尋ねる。

「もう入れていいんだよなっ!?」

「うんっ！　してっ！　おち×ちんでっ……ううんっ、おチ×ポでやるみたいにぃっ、ズブズブゥってっ……し、しちゃってぇっ！」

「ああっ！　うんっ！」

乞われるままに、青年は中指と人差し指をねじ曲げた。並べた切っ先を愛理の大事な場所へ食い込ませ、周囲の肉襞を踏み荒らす。

これだけで愛理は、跨る寸前の内股となった。

「ふっ、ぅあああんっ！　来たはぁぁああっ！」

上体も前へ傾いて、いかにも力が入らない姿勢だ。

とはいえ、秘所は異物をねっとり絡め捕り、官能の熱で蒸してきた。キャパオーバーに近いのは葵といっしょだが、襞の蠢動が欲深い。

勇んだ透真も、曲げたままの指を屈伸させる。すでに弱いとわかっている場所を擦り立てながら、餌を求める芋虫のように、他のウィークポイントまで探す。

「はひっ、いっ、ぃいいいんっ!?」

一つや二つの成果では満足しないひたむきな愛撫に、愛理が腰をへコヘコうねらせた。その仕草は、快楽を自分のヴァギナへ収まる量に調節したがっているみたいだが、指戯が続くために叶わない。蜜はグチャグチャ鳴り響き、脚はますます砕けそう。

「ふぁっ、あっ、ひぁあんっ！　と、ぉ、とぉま君の指ぃいっ、どんどんわたしをエッチにしていくよぉぉっ！」

「愛理が元々エッチなんじゃないかっ!?」

「違うよぉおっ！　透真君がっ、透真君がぁっ……わたしを気持ちよくするのが上手なのぉおおっ！」

　そのとき、葵がか細い声を発した。

「あの……透真さんっ……お願いですっ……！　私の中も苛めてくださいっ……透真さんの……ぁっ……大きなおチ×ポ、でっ……かき回してください……っ！」

「うっ、悪いっ！」

　透真は慌てて彼女へ詫びた。

　指を操る方に集中し、腰遣いが止まっていたのだ。

　とはいえ、遠慮の残っていた葵が、自分からせがんできた。

　これはチャンスに違いなく、青年は己を叱咤して、肉棒を引き抜きにかかった。

　途端に暴力的なまでの快楽で、神経を熱く焦がされる。

「おぐっ、あ、葵ぃっ!?」

　いくら動かずにいたとはいえ、官能の疼きは絶えず熟成されていた。それがわずかな摩擦をきっかけに、いきなり炸裂したのだ。

　葵も過度の喜悦に振り回されている。

「透真さんっ！　透真さぁああんっ！　いやぁあっ、何これぇえっ！　おチ×ポがっ、はぐっ、ぅうああっ、グリグリぶつかるぅうっ！　前よりすごいのぉおおぅっ!?」

彼女は細い身体を斜めに捩り、新入生の代表とは思えないよがり声をまき散らした。

しかも、透真はバックといっしょに指まで傾いて、愛理の襞をあらぬ方へ引っかいている。

「んひぁああっ！　透真君っ……！　こ、これ熱いよぉおっ!?」

「そうかっ……！」

肩へ爪を立ててきた美女の嬌声を受け、彼は今の捻りを繰り返した。火照ってヌメる襞に食い締められながら、荒っぽい動きでやり返す。

蜜を跳ね散らかすその猛攻に、愛理も膝をベッドの端へ押しつけて、辛うじてへたり込むのを防いだ。だが、上のほうではのぼせた美貌を横へ振る。長い髪まで躍らせる。

「ふぁああっ！　あぁあああっ！　いいのっ、これっ！　好きっ、好きぃいひっ！」

「は……ぁっ、姉さぁん……っ！」

葵が顔を隠していた二本の腕を、目の上から少しだけずらした。透真もこのタイミングを逃さず、ちょうど抜けかけていたペニスで突貫だ。

擦れた牡粘膜は沸騰しそうだったが、葵をよがらせることを優先で、一瞬たりとも速度を落とさない。

葵も硬直を解けないうちから、もっと過激なわななき方を、恋慕う青年へ晒してしまった。

「んひはぁあああっ！　うあっ、やはぁあああっ！　奥っ、奥にぃいひぃいいいいっ!?」

そこへ透真は唾を飛ばして怒鳴る。

「葵っ、もう顔を隠さないでくれよっ！　俺も、愛理もっ、お互いの感じてる顔っ……お前と見せ合いたいんだっ！」

さらに左手を伸ばし、返事も待たず、引っぺがすように葵の右腕をどける。

「あっ、やはっ!?」

葵は反射的に腕を引こうとしたが、

「葵っ！」

透真がもう一度呼べば、叱られたようにビクッと震え、抵抗をやめてくれた。さらにまぶたは閉ざしつづけるものの、左の腕も顔の脇へ移してくれる。

「ありがとうっ……なっ！」

透真は彼女へ礼を述べながら、猛烈な抜き差しへ取り掛かった。一往復半ですら頭がふらつきかけた膣圧を、続けざまのピストンで蹂躙だ。男根を湯の激流で洗われるような気分にも陥りかけるが、腰のバネは利かせつづけ、エラの張り出しでのたうつ肉襞を引っ搔き回した。亀頭で子宮口を抉り上げた。

「おっ、あっ、葵の中っ、気持ちいいぞっ！　やっと見せてくれた顔もっ、やらしくて可愛いっ！」

「んやぁあっ！　あっ、ひはぁああっ！　こんなにされながらっ、は、恥ずかしいこと言われたらぁあっ！　んっ、ぁああっ！　駄目ぇえっ！　私っ、止まれないのぉおっ！」

葵は快感と羞恥の板挟みで、攣りそうな首を左右へ振りたくる。

それでも透真はアクセルを踏みつづけた。

最深部まで潜ったときには、ランダムで〝の〟の字を描く動きも盛り込むが、もはやヴァギナを慣らす丁寧な動きではない。牝襞を片っ端から嬲り、怒濤の肉悦を教え込むのだ。しかも、未だに葵の右手を拘束したままだから、どんな動きをやっても凌辱じみてくる。

「はぁああんっ！　やっ、やっ、やぁああっ！　私ぃいいっ！　頭っ、気持ちよすぎてぇっ、へ、変になっちゃうのぉおっ！　んふあっ、おっ、あぉおおっ⁉」

葵も身体の芯まで打ち抜かれたように喉を反らし、後頭部をシーツへ擦りつける。

一方、控えめサイズのバストは、ささやかな膨らみぶりをアピールするように揺れていた。乳首を尖らせ、裸身から転がり落ちんばかりのそこに、もはや可憐さなんて残っていない。むしろ形が未熟な分、背徳感が半端ない。

透真は葵の反応をことごとく目に焼きつけながら、右手の指をのたうたせた。愛理だって妹に触発されて、昨日以上のよがりようだ。

「と、とぉまくぅうんっ！　わたし本当にっ、おチ×ポされたとき、は……ぁっ、こんなふうになっちゃってるっのぉおっ⁉」

質問の声は飛び飛びで、文法も滅茶苦茶。さらに透真へしがみつき、肩や腕を擦りつけてくる。きめ細かな肌は、大量の汗で卑猥にヌルついていた。

「言っただろっ！　愛理はエッチなんだって！　葵よりもっと乱れてるかもしれないぞっ⁉」

応じる透真からすれば、位置関係が変わって愛撫をしにくくなるが、指に強弱をつけて補った。さらにびしょ濡れのクリトリスへ親指を乗せ、上下左右へ走らせる。

「うぁああっ！　あひっ、ぃひうぅうっ！　ま、またっ、そこにしちゃうのぉおおっ⁉」

「するよっ！　愛理もっ、気持ちいいときの顔を、葵に見せてやってくれよっ！」

透真が言えば、愛理も夢中で頷いて、妹へ呼びかけた。

「うあっ、あぁあっ、葵っちゃぁああんっ！　わたしもねっ、わたしもっ、葵ちゃんと同じでおマ×コをぉっ、透真君にされちゃってるのぉおおっ！」

「あぁああっ！　姉さんっ、姉さぁんっ！」

葵はとうとう薄目を開けて、自由だった左手を姉の側面へぶつけだした。もっとも、叩くというより、泣き虫の駄々っ子めいた動き方だ。そこに言葉で説明できるような意味なんてないのだろう。快感に浮かされ、無我夢中でやっているだけ。

「姉さんっ、透真さぁああんっ！　駄目ぇっ！　すごいのがどんどん来てるのぉおっ！　このままイッたらっ……わた……私ぃいっ！　もう私じゃなくなっちゃうううっ!?」

「んぁあああっ！　いいんだよぉっ、葵ちゃぁあんっ！　イッちゃってぇええっ！　ねっ、わたしもいっしょにイクからぁあっ！」

叫ぶ愛理は青年へ縋り付く力を強めつつ、擦れて気持ちよかったであろう右腕を、宙に浮かせた。そのまま妹の手を摑み取る。

途端に葵も、指を絡め返して喚いた。

「姉さんっ、姉さんっ、放さないでぇええっ！　ぁああっ！　透真さんのおチ×ポ気持ちよすぎてぇっ、私っ、バラバラになっちゃうからぁああっ！」

「うんっ！　お姉ちゃんもっ、いっしょにイッてあげるぅううっ！　透真君の指でっ、わたしもおマ×コがグチャグチャぁっ、あンっ、グチャグチャだからぁああっ！」

果てしなく淫らな睦み合いを見て、透真も腰と指を加速させた。

葵の煮えるような秘洞を激しく突いて、円運動も暴走だ。

一方、愛理の淫核と内壁は、とことん解し抜いた。しがみつかれているために腕を使うのは難しいままだが、葵へのピストンを上手く使えば、愛撫に揺らぎを乗せられる。昇天間近の仲よし姉妹を、同じリズムで鳴かせられる。

「イひぃいっ、イッ、イクぅううんっ！　わたっしぃひっ！　今日も透真君の手でっ、飛ばされちゃうよぉおあぁあっ！」

「透真さんっ！　姉さんっ！　と、透真さぁんんぅううっ！　私ぃいっ、ねっ、姉さんといっしょにぃいっ、イクっ！　イクのっ、イキますぅううううんっ！」

「くっ、俺もそろそろっ、イキそうだよ！」

透真だって、休みなしで無茶な動きを連発している。葵と愛理から絶頂間近の反応を見せられれば、粘りきるのは困難だった。

しかも、呻きを聞きつけた愛理が、飛びつくようにせがんでくる。

「イッてぇえっ！　透真君もっ、葵ちゃんとイッてぇえっ！　ねっ、ねぇえっ！　三人でっ、いっしょにイッちゃおぉよぉおおっ！」

　これで青年の我慢も崩壊した。

　彼は最後に力を振り絞って、子宮口まで突きを打ち込む。牝汁でぐしょ濡れの右手は掘削さながらに、床へもシーツへも飛沫を散らす、とどめのバイブレーションだ。

「くっ、おぉおおっ！」

　猛々(たけだけ)しく唸りつつ、彼は姉妹の秘所がひときわ縮こまるのを感じ取った。

　愛理が望み、葵が予感した、同時のオルガスムスが訪れたのだ。

「来るっ、来てるぅううっ！　わたしっ、イッてるぅううっ！　や、あぁああっ！　熱いのが止まんないよぉおおっ！　んやはぁああぁあうぅうぁぁああっ!?」

「ふぁぁああはぁあんっ！　と、透真さんのおチ×ポでぇえっ、私っ、イキますっ！　イキっ、ぃ、イカされるぅううっ！　ひっ、ぅあひっ、あひぃいいやぁぁあああんぁあああぁあはぁっ！」

　愛理の膣は指を締めつづけ、透真も振動を終わらせない。達しながら責められる彼女の絶頂感は、長く長く延長だ。

　葵も牡肉との結合が強まって、取り返しがつかないほどに悶絶していた。指の先まで強張り切った身体で柔軟なのは、もはやバストだけだ。しかし、二つの薄い曲線にも牝の肉悦は行き渡っている。

　そんな淫らな反応を見聞きし、股間でも手でも感じながら、透真はザーメンを子宮口めがけて解き放った。

　今や肉壁に圧されすぎた竿の中は、尿道まで狭まっている気がする。そこを濁流に打ち抜かれれば、彼も姉妹同様、理性が吹っ飛ぶ。

　しかも、ねぶられっぱなしの指までふやけんばかりだ。あまりに気持ちよすぎて、頭の何かがブチッと切れてしまいそう。

「うぅああっ！　愛理っ、葵ぃいっ！　俺っ、イッてるぞっ！　葵の中にっ、精液出してるからなっ!?」

「はいぃいっ、はひっ！　ぅひぃいあああっ！　と、透真さんの赤ちゃんのっ……がっ、入ってきてますぅううっ！」

「透真君っ、やっ、やはぁああっ！　わたしっ、イクのが止まんないよぉおおっ！　イキすぎてぇっ、頭がチカチカなのぉおおおぉおっ！」

　もはや、三人とも支離滅裂だった。

　愛理とはまだ一つになれていないが、休憩を挟まないと、第三ラウンドは難しそう。

――しかし。

透真はやっぱり続けたい。時間が惜しくて堪らない。

だから葵の部屋の中には、美女と美少女のさらなる喘ぎが、響き渡ることとなったのである。

「ふあぁああっ！　ひぃいっ！　ヒぐっ、ぃひグぅうっ！　んぁひぃいいぃいっ!?」

「はっあっ……んおぉおふっ！　もっ、おマ×コ無理なのにぃっ！　うぇぁあはっ!!」

——絶対に理事長へ見せられない下品なまぐわいは、日が沈む直前まで、ノンストップで続いた。

エピローグ

葵の告白で始まった乱交は、確かにケダモノじみた激しさだった。が、以降の関係まで爛れたものになったかといえば、そうでもない。

元々、夜しか会えなかった二人と、それを密かに見てきた一人なのだ。今後やりたいことを相談してみれば、アイデアは次々湧いてきた。

それらすべてを片っ端から楽しんで、何気ない日常も謳歌して——ときどき、調子に乗りすぎた場合は理事長から叱られて。

気づけば透真たちは、八月の末を迎えていた。


「たーまやーっ」

弾ける夜空の花火を見ながら、浴衣姿の愛理が定番の歓声をあげる。

彼女と透真、それに葵がいるのは、安城学園の屋上だ。

四月の入学式以降、仕事以外で校内へ入ることは控えてきた透真だが、再会して最初の花火大会は安城学園で見たいと、愛理から熱心に主張されたのだ。

その愛理が、満面の笑みを透真へ向けてくる。

「花火、綺麗だね。やっとあのときの約束を守れたよっ」

「ああ……高い場所で見ると、特に立派だな」

透真もようやく実現した夢を噛みしめた。それから確認のつもりで聞いてみる。

「負い目に感じてた訳じゃないよな、愛理？」

「うん」

愛理の返事はスムーズで、おかしな気の張り方もない。

「自分を責めてるとかじゃないよ。なんでわたしが約束を果したかったかっていうと……うーん……うーん……？　どう言えばいいんだろう。難しいなぁ」

「あの、姉さん」

これまた浴衣を着ている葵が、脇で声をあげた。

「姉さんはどんな思い出も、なかったことにしたくないのかも。私がそうなの。失敗や反省を乗り越えて、透真さんへの気持ちが育ってきたと思うから……」

途端に愛理は小さく拍手だ。

「それそれっ、そんな感じっ。さすが葵ちゃん。わたしが考えてることを、ばっちり形にしてくれたよっ。という訳で透真君、これからもよろしくね！」

袖を揺らして敬礼する恋人へ、透真も大きく頷いてみせた。

「こちらこそだ。それに葵もなっ」

「はい……！　ここにいるみんなで幸せになりましょう！」

次の瞬間、力む少女を応援するように、頭上でひときわ大きな光が破裂した。

「かーぎやーっ」

またも愛理が声をあげる。

——そのときだ。透真は視界の隅に、不思議な三人組を捉えた気がした。

いたのは小柄で童顔の少年と、白いワンピースが似合う美少女と、だいぶ幼い女の子。

大輪の花火の下、彼らは親しく寄り添い合っていた。

「……ん？」

「透真君、どうしたの？」

「や、なんでもないよ」

すでに三人の姿は見えない。たぶん、目の錯覚だったのだろう。

しかし、夏の花火には昔から鎮魂の祈りも籠められているというし、昇華された過去の心残りだって、一日ぐらい見物に戻ってくるかもしれない。

まあ、そういうこともあるものかと、今ならすんなり受け入れられた。

(そっちも会えたんだったらさ……うん、よかったよ)

未来への希望と愛おしさを胸に――透真は過去の自分たちへ呼びかけるのであった。

◎本作品の内容はフィクションであり、登場する個人名や団体名は実在のものとは一切関係ありません。

◉新人作品**大募集**◉

マドンナメイト編集部では、意欲あふれる新人作品を常時募集しております。採用された作品は、本人通知のうえ当文庫より出版されることになります。

【応募要項】未発表作品に限る。四〇〇字詰原稿用紙換算で三〇〇枚以上四〇〇枚以内。必ず梗概をお書き添えのうえ、名前・住所・電話番号を明記してお送り下さい。なお、採否にかかわらず原稿は返却いたしません。また、電話でのお問い合せはご遠慮下さい。

【送付先】〒一〇一－八四〇五 東京都千代田区神田三崎町二－一八－一一 マドンナ社編集部 新人作品募集係

流転処女 時を超えた初体験

るてんしょじょ ときをこえたはつたいけん

二〇二一年 八月 十日 初版発行

発行◉マドンナ社
発売◉二見書房
東京都千代田区神田三崎町二－一八－一一
電話 〇三－三五一五－二三一一（代表）
郵便振替 〇〇一七〇－四－二六三九

著者◉伊吹泰郎【いぶき・やすろう】

印刷◉株式会社堀内印刷所 製本◉株式会社村上製本所 落丁・乱丁本はお取替えいたします。定価は、カバーに表示してあります。

ISBN978-4-576-21105-3 ◉Printed in Japan ◉©Y.Ibuki 2021